俄罗斯精短文学经典译丛

诗意自然系列

U0721553

林中水滴

汪剑钊 主编

【俄】普里什文 著

潘安荣 译

读者出版传媒股份有限公司

敦煌文艺出版社

图书在版编目（ＣＩＰ）数据

林中水滴 / （俄罗斯）普里什文著；潘安荣译. --
兰州 ：敦煌文艺出版社，2013. 12(2023.4 重印)
（俄罗斯精短文学经典译丛）
ISBN 978-7-5468-0624-2

Ⅰ．①林… Ⅱ．①普… ②潘… Ⅲ．①散文集—俄罗
斯—现代 Ⅳ．①I512. 65

中国版本图书馆CIP数据核字（2013）第295578号

林中水滴

汪剑钊 主编

〔俄〕普里什文 著

潘安荣 译

责任编辑：李恒敬

敦煌文艺出版社出版、发行

本社地址：（730030）兰州市城关区曹家巷1号

0931-8773084(编辑部)　　　0931-2131387(发行部)

三河市嵩川印刷有限公司

开本 787 毫米×1092 毫米　1/16　印张 12.25　插页 1　字数 180 千

2014 年 6 月第 1 版　2023 年 4 月第 3 次印刷

ISBN　978-7-5468-0624-2

定价: 46. 00 元

出版说明

　　2013 年,我社开始策划出版"世界精短文学经典译丛",这套丛书约请国内最优秀的翻译家担任主编和译者,将世界几大主要语言写成的短篇作品择优选入,并按照一定的主题和体裁进行分类,以独特的视角呈现出各国文学的基本面貌,为我国读者了解世界文学提供了一个较为广阔的平台。"俄罗斯精短文学经典译丛"即是这套选题中的一种。

　　俄罗斯文学影响了中国几代人的成长,让他们形成了特有的精神风貌和对世界的认知方式,但因为复杂的历史原因,这一精神资源的承续和发展出现了断裂。为重新深入挖掘、整理俄罗斯经典文学的优秀资源,我们倾心推出"俄罗斯精短文学经典译丛"(20 册),分为"诗意自然""诗意人生""诗意心灵"和"诗意生活"等四个系列,让读者再一次感受俄罗斯文学的独特魅力,在阅读中汲取有益的精神养分,提升对诗意生活的自觉追求,丰富人们的内心精神世界。

敦煌文艺出版社

2014 年 5 月

目 录 CONTENTS

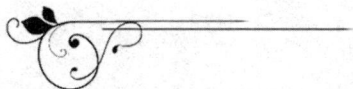

>>>大自然的日历（选译）

003　秋　天

003　大地的眼睛

003　小偷的帽子着火啦

004　鸟之梦

008　死　湖

008　初　雪

009　天　鹅

010　人　影

011　松　鼠

012　胡　獾

013　雪　兔

014　美的主人

015　雾

016　"伊万和玛丽娅"

016　追　猎

023　安恰尔

>>>人　参

033　一———六

>>>叶芹草

109　荒　野
　　109　荒　野
　　111　青色的羽毛
　　112　乌云笼罩的河
　　113　别　离
　　113　求偶飞行
　　114　阿里莎的问话
　　115　深　渊
116　岔路口
　　116　水滴和石头
　　116　留声机
　　117　生的欲望
　　118　歌德错了
　　118　结婚的日子
　　119　老　鼠
　　119　白　桦
　　120　秋　叶
　　121　当了俘虏的树
　　122　一缕活的烟
　　122　生存斗争
　　122　动
　　123　大　河

123　牧　笛

123　可悲的想法

124　Circulus　vitiosus

124　离别和见面

125　叶芹草的女儿

126　老椴树

128　欢　乐

128　胜　利

128　最后一个春天

128　近在眼前的离别

129　杜　鹃

129　大地的微笑

130　林中的太阳

130　老椋鸟

130　小　鸟

131　开花的草

131　野蔷薇开花

131　鼓鼓的水泡

132　亲爱的茶炊

132　韵　律

132　水

132　幼嫩的小叶子

133　在老树墩旁边

133　在溪边

134　水的歌声

134　风吹琴的乐声

134　第一朵花儿

134　致不认识的朋友

135　最高的一轮树叶

136　麦　粒

136　隐蔽的生活

136　幼芽发光的晚上

137　林中小溪

141　花　河

141　增添生机的细雨

141　水和爱情

142　稠　李

142　松　树

142　一口牛奶

143　女房东

143　姗姗来迟的春天

143　母　菊

144　爱　情

>>>林中水滴

147　树

147　树　根

147　蛇麻草

148　一条树皮上的生命

148　瑞　香

148　树桩——蚂蚁窝

149　森林的墓地

151　水

151　涅尔河

152　倒　影

153　林中客人

153　林中深渊

154　乌　鸦

154　松鼠的记性

155　三个兽洞

155　梭　鱼

155　田　鼠

156　啄木鸟

156　落后的野鸭

157　蜘　蛛

159　客人们

161　一年四季

161　自然晴雨表

161　最初的小溪

162　亮晶晶的水珠

162　春　装

163　稠李凋谢了

163　杨　花

165　第一只虾

165　春天的转变

166　柳　兰

166　河上舞会

166　旱　天

166　小白杨感到冷

167　落叶期

167　降落伞

167　星星般的初雪

168　森林中的树木

169　人的踪迹

169　我的家

169　蜜

170　森林中的人

170　审判员打猎

171　梭　鱼

173　啄木鸟的作坊

172　小　舟

172　两种高兴

173　啄木鸟的作坊

174　风　格

174　自来水笔

174　热切的关注

174　损　失

175　话语和种子

175　暴风雪

176　人的宝藏

176　自由生存

177　追求王位者

178　作家和写生画家

178　我的狩猎

179　创造彩色的力量

179　为直的道路而斗争

180　译后记　潘安荣

大自然的日历（选译）

秋 天①

大地的眼睛

从早到晚风风雨雨，寒气袭人。我不止一次地听失去爱人的妇女说起，仿佛人的眼睛往往要比知觉死得早，有时，临终的人竟会说："怎么啦，我亲爱的，我看不见你们啦。"——这是说，眼睛已经死了，说不定下一个时刻舌头也会不听使唤了。且说我脚边的湖吧，也正是这样：在民间传说中，湖就是大地的眼睛。这一点，我是早已知道的：大地的眼睛要比万物更早地逝去，更早地感到日光的消失，在森林中刚刚展开争夺落日余晖的奇景的时候，在有些树木的梢头燃起了熊熊的火焰，宛如树木本身放光的时候，湖水却似死了的一般，就像一座埋着冷鱼的坟墓。

雨，使得庄稼汉苦恼万分。雨燕早已飞走了。泥燕群集在田野上。天气已经冷过两回。椴树自根到梢完全发黄。马铃薯也变黑了。遍地铺满了亚麻。鹬鸟已经出现。夜晚变长了……

小偷的帽子着火啦②

黄金世界里静悄悄的，草地上铺着银霜，宛如麻布。早上八点钟，露珠才

---

①《秋天》系已故潘安荣先生从普里什文《大自然的日历》一书中摘译，潘先生《大自然的日历》译本亦为本套丛书选入，内中包含《秋天》部分，这里重复收入是为了保持潘先生1984年编译的《林中水滴》译本的完整性，有关这个译本的介绍，读者可参考本书译后记。——编者

②这是一句俄罗斯俗语，原用来让小偷一听此言，自我暴露。作者看到白杨树的红树冠所以联想到此俗语，是因为在传说中白杨树是有罪的：圣经上所述耶稣门徒犹大为了三十块钱出卖耶稣，后受良心谴责，吊死在白杨树上，人们遂归罪于白杨树。——译者

冲刷银霜,白桦树下的麻布消失了。黄叶四处飘零。远方的云杉和松树为白桦送别,而高大的白杨,把红艳艳的帽子举到森林上空,我不知怎的回忆起遥远的童年时代一点也不明白的一句俗语:小偷的帽子着火啦。

燕子还留在这里。

鸟之梦

蜘蛛都冻僵了。蜘蛛网给风雨撕落,唯有那主人不惜用最好的材料织成的最好的网,在秋天阴雨的日子里,还能完整无恙地留下来,仍在捕捉能在空中活动的东西。眼前空中只有落叶在飘零,于是一张色泽艳红、缀有露珠的白杨叶子,落到了蜘蛛网里。它躺在无形的吊床上,给风儿吹得摇摇晃晃。太阳露了一下脸,叶子上的露珠像宝石般闪闪发光。这使我目眩神移,随即想起了今年秋天,当白杨叶子成为雷鸟最佳美的食物的时候,我这个老猎人一定得熟悉一下雷鸟的生活,我还不止一次地在书本上看到和听人家说起,到那时候,仿佛在日落前的一小时左右,它们会飞落在白杨树上,啄食到天黑,睡在树上,次日早晨又啄食一会儿。

在大森林里一个小小的采伐迹地近旁,我出乎意外地发现了雷鸟。当我涉过小河的时候,我的一只皮靴子,咂的响了一声,声音惊动了一只雌雷鸟,从我头顶的白杨树上飞开去。这棵高大的白杨,长在针叶树林中的采伐迹地的边缘上,这儿有不少白杨,和白桦掺杂地长在一起。它们为了跟松树和云杉争夺日光,长得很高很高。离采伐迹地边缘几步路的地方,有一条被车轮压坏了的林道,整条道路都是黑色的,但在长着白杨的地方,撒满了白杨叶子,远远望去,一地浅黄色的斑点;在这布满黄斑的道上,隐匿打猎是很不便当的,因为雷鸟现在应该只在白杨树上。采伐迹地是崭新的,去年冬天才有的,一堆堆留待今冬运出的木材,躺了一个夏天,都发黑了,它们埋在幼嫩的白杨树丛里,树上挂着仍然很鲜艳的宽大的杨树叶。老白杨树上的叶子,却几乎全都变黄了。我沿着林道,从这一棵白杨偷偷地走到另一棵白杨。天上细雨蒙蒙,微风轻拂,白杨树叶随风飘动,簌簌有声,雨珠到处淅淅沥沥,这一来,我听不清雷鸟采撷树叶的声音了。采伐迹地里突然有一只雷鸟从小白杨林中飞了起来,停落在采伐迹地那边一棵最靠边的白杨上,离我有两百来步远。我看了好一会,看它怎样不时地啄那树叶,迅速地吞下去。间或一阵疾风刮过,登时一切归于静寂,雷鸟采撷树叶或把树叶撕破的声音传到了我的耳朵里,我于是熟悉了森林中的这种声音。当雷鸟把粗枝上的叶子吃得差不多,够不着好叶子的时候,就怯怯地跳到低一些的小枝上去,然而小枝过于细嫩,弯了下来,雷鸟也跟着往下垂,赶紧张开翅膀,免得掉下来。不一会,我听见我这一边也有同样清晰可闻的裂帛声和嘈杂声,后来我还弄明白了,原来我周围各处那些藏在针叶树林中的白杨树上,都停着雷鸟。我也明白了,白天它们都在采伐迹地上玩耍,或者捕捉一些虫儿吃吃,吞几颗它们少不了的石沙,到了晚间,才飞上白杨树,在临睡前饱餐一顿喜爱的叶子。

日落之前,西风照例渐渐静息了。太阳突然将万道金光投入森林。我用两手兜着耳朵,继续谛听,听到在白杨树叶的轻微抖动中,有采撷树叶的声音,这声音比重浊的滴水声更为沉闷,更为刺耳。于是我小心翼翼地站起来,悄悄去寻猎。我并不是在雷鸟高唱春歌之际大步流星地跑去,雷鸟全神贯注在悠扬的歌声里的时候,倒是什么也听不见的。眼下使我特别感到困难的是要走过一个大泥洼,那个泥洼里,看上去好像铺满了厚厚的杨树叶,实际上却满是水苔和泥泞。要想那泥泞在你拔脚时不发声响,须得将脚掌伸直,和大腿成一线,像跳芭蕾舞一样。而当你轻轻地把脚从泥泞里拔出来时,粘在脚上的泥泞却又滴入水中,声音之响,真会吓杀人。可是你瞧,小老鼠却可以在落叶底下乱窜,窜过的地方,落叶塌了下去,像犁沟似的,并发出响亮的沙沙声,要是我这样做的话,雷鸟早就飞走了。看起来,这种声音在雷鸟是习以为常了,它知道是老鼠在跑,所以毫不介意。如果是狐狸走过去,踩得枯枝啪啦一响,雷鸟在树上大概也会听得出,这是于它无害的狐狸在偷偷地行事。原来森林里一切都有定规,彼此之间都是协调地联系着的。但是,人是变幻无常的,什么都会做得出来,因而他的一声一息都会尖刻地干扰大自然的生活。

热情能够产生无限的耐心,时间充分的话,完全可以做到猫也似的动作,无奈时间不够了,太阳已经落山,再过一会儿,便不能射击了。我丝毫也不曾怀疑,我那雷鸟是停在我面前一棵白杨树的那一面的,但我不想绕过去,反正绕过去也来不及了。有什么办法呢?这棵白杨树的整个黄色的梢头,只有一个朝着那边晴空的窄小的天窗,此刻这个天窗忽而关闭,忽而开启。我明白了,那是雷鸟在啄食,关窗的是它的头,我甚至还看得见那头部的小鬈。本来,像我这样在最初弄清情况的瞬间就能举枪射击的人是不多的,偏偏这一瞬间我踩到了一根不曾看见的枯枝,吱的一声折断了,于是窗子开开了……后来更糟了,——那雷鸟觉察到了危险,呼噜噜叫了起来,仿佛在责骂我。还有,近旁另外一只雷鸟,恰巧这时候从树枝上下来,全身暴露在我眼前,因为距离太远了,我射不到它,但又不能移步前去,不然它一定会看见的。我屏住呼吸,用一只脚立着,另一只脚几乎悬着似的搁在枯枝上。这时,另有几只飞来过宿的雷鸟,散落在周围。有一只咤咤作声,从高高的白杨树上拨弄下来一些细枝,都是斜着咬断的,看到这些细枝,我们就可以断定,雷鸟要在这儿过夜了。我的那只雷鸟渐渐安静下来了。很可能它正伸直了脖子,向四面八方环视呢。不久,在我和始终沙沙作响的小老鼠所在的树下,完全昏暗了。我原本看得见的雷鸟,也隐没在夜色中了。我想,所有的雷鸟,都已把长着小鬈的头藏在翅膀下面入睡了。于是我也抬起那条麻木了的腿,转过身,幸福地把酸胀的背脊靠在一棵树上,那只被这惊扰了的雷鸟,此刻正安安稳稳地睡在这棵树上。

　　黑夜里,当你在针叶树林中,知道在你的头顶上睡着巨鸟——那大生物时代的最后遗物——的时候,针叶树林变成个什么样子,真是难以言传的。所谓睡觉,其实并不那么安静,不是这儿微微一动,就是那儿在搔痒,再不然就是另一个地方发出咤咤声……我夜间独个儿在这里,不仅不觉得恐惧,反而好像是来亲戚家做客过新年。只可惜太潮湿了,天气又冷,要不然我就会在这里和雷鸟一起进入甜蜜的梦乡了。近旁什么地方有一个水洼,水珠从高高的大树的树枝上大概均匀地滴进这个水洼里,那树枝有高的,也有低的,那水滴也就有大的,有小的。我细细体味着这种声音,一待领悟过来,一切都成了美妙无比的音乐，替代了我曾经为之陶醉不已的那种优美的平凡的音乐。而正当野林中的整个夜景和水滴的旋律配合得恰到好处的时候，忽然传来了大煞风景的鼾声……

这并非出于恐惧，而是这种大煞风景的鼾声与我那壮丽的音乐会太不相称了，我匆匆离开了不知是谁在打鼾的野林。

我穿过村子，到处都是鼾声，有人的鼾声，也有动物的鼾声，路上都能听得很清楚。听过了森林里的那种鼾声之后，现在对于这一切我都很留神。我到了家里，又听得杂物房里主人的儿子谢辽沙雷鸣似的鼾声，储藏室里，则是道姆娜·伊万诺芙娜和她全家人的鼾声。然而，最奇怪的是，我在户外大动物的鼾声之中，还听到另一种不知是什么东西的极细极细的鼾声，我用手电筒一照，发现这是鹅和鸡在打鼾……

我甚至在梦里也摆脱不了鼾声。正像梦中常有的那样，我回忆起了似乎永远不得回到人间的种种。这一夜，我那往日的鸟之梦都回来了……

我猛地明白了，森林里那个打鼾的不是别人，正是那雷鸟啊！没有错，一定是它！我霍地跳了起来，生好茶炊，喝够了茶，一把拿起猎枪，就往森林中那个老地方去。我仍然靠在那棵树上，静候黎明的莅临。现在，熟识了鸡、鹅的鼾声之后，我的听觉不仅能辨清停在我头上的雷鸟的鼾声，甚至也能辨清旁边的雷鸟的鼾声了。

当黎明的报信者啾地叫了一声，东方渐渐发白的时候，鼾声停止了。我那白杨树上的小窗子也开了，不过头却没有露出来。晴朗的早晨到了，天很快就大亮。旁边那只雷鸟微微动了一下，却把自己暴露了出来，让我清清楚楚地看见了它。它睡醒后，把长脖子上的头像挥动拳头似的甩到一边，又甩到另一边，接着，倏地将整个尾巴像扇子一般张了开来，好像是发了情。我曾经听说过雷鸟秋天发情的事，所以我想，它可能会唱起来的。但是它没有唱，却收起了尾巴，垂下去，不时地去采叶子吃。就在这个时候，我那只雷鸟，大概也开始啄食了，因为我忽然在小窗中看见了它那长着小鬏的头。

我一枪结果了它，掉到地上，连一动也没有动，只是脚爪紧紧地抓住了白杨树皮,——就此完结了!被它擦落下来的树叶,还在空中飘荡了半天。现在,我又想起了那舒声,我认为这是从巨鸟翼下呼出来的气息吹动了羽毛发出的声音。不过,我并不确实知道,雷鸟是不是一定要把头藏在翅膀下睡觉。我只是拿家禽来做比较罢了。臆测和猜想太多了,对于森林中的实际生活,还懂得如此之少。

死 湖

金色的森林里万籁俱寂,热如夏天,蜘蛛网飘落在田野上,脚下踩踏着的枯叶,发出响亮的沙沙声,鸟儿远远地飞出了射程,一只灰白兔在路上掀起一柱尘土。我一早便出门,头痛得什么也不能想,只能注视狗的行动,持着准备好了的枪,有时也望望罗盘的指针。我不知不觉中走得很远很远,连方向都迷失了,到了一个完全陌生的地方。我费了好一阵工夫,钻过一片极其浓密的灌木丛,突然发现在繁茂的金色大森林里,有一个浑圆的死湖。我久久地坐着,看着这大地的闭上了的眼睛。

晚上,天气几乎突然地变了:墙外的森林,仿佛是一只巨大的茶炊在沸腾——那是风雨剥蚀树木的秋装。今夜,按我的预卜和笔记,大雁应该飞来了。

初 雪

宁静的夜晚,月光如注,寒气袭人,天蒙蒙亮时,飘下了雪花。松鼠在光秃秃的树上奔跑。远处仿佛有一只野乌鸡在发情,我正想避着它走近,忽然听清楚了,原来那不是野乌鸡发情,而是远处公路上随风送来的马车滚动声。

这一天真是变化万端,一会儿艳阳当空,一会儿白雪纷飞。上午九点多钟,沼地上还留有一层薄冰,树桩上蒙着洁白无比的台布,白杨树的小红叶,躺在雪白的台布上,仿佛一个个染血的茶碟。沼地里飞起一只山鹬,随即隐没在风雪里。

大雁在吃草。我在暮霭中面对着晚霞一动不动地站着。掠空而过的雁群的叫声,清晰可闻,一群小水鸭,还有一些大野鸭,一闪一闪地飞过去。飞禽的每一次出现,都叫我兴奋得抛开了自己的心思,尔后又好不容易地重新把它找回来。我想的是,大自然出的主意有多么好——它为我们安排了这样的生活:不让我们长命百岁,不让我们来得及亲身无遗地阅历一切,因此使我们觉得五光十色的世界是无穷无尽的。

天　鹅

昨夜星月争辉。天气奇寒。今晨一切都成了白色。大雁还在原地吃草,又增添了新的一队,它们从湖里飞到田野上,总共有两百来只。野乌鸡午前一直停在树上,嘴里喋喋不休。后来天空阴沉下来了,变得又潮又冷。

午后,太阳又复出现,一直到晚上,天气都很美好。有两棵金色的小白桦,在总毁灭中居然能幸存下来,我们为之高兴不已。风从北面吹来,黝黑的湖水很不平静。一队天鹅从天而降。听说天鹅在我们这儿逗留很久很久,当湖里除掉中央一小块地方外都已结了冰,车马已经利用冬天的道路,径直在冰上行走的时候,在静谧的黑夜里,往往可以听见湖心某处有低沉的谈话声,你还以为是人呢,原来却是天鹅,她们在尚未结冰的湖心聊天。

黄昏时分,我从冲沟里悄悄走近了雁群,我的鸟枪尽可以立时叫它们遭到毁灭,但是,我爬上陡坡时,微微感到了疲乏,心猛烈地跳个不住,说不定竟是想胡闹一下哩。冲沟上头的边上,有一个树桩,我就坐在树桩上,我坐得正好,只消把头一抬,就可以看见停着大雁的新割过的黑麦地,那麦地离我近极了,只有十步路。枪已经准备好了,我觉得,即使大雁突然间起飞,也休想没有大量的损伤便能逃脱我的手。我抽起烟来,分外小心地吐出烟雾,一面用手掌在嘴唇边把烟驱散。但是,在这一小块田地那边也有一道山沟,那儿有一只狐狸,竟然也像我一样,借着苍茫的暮色,偷偷向大雁走来。我还没有来得及举枪,一大群大雁早已惊起,飞出了射程。幸喜我已经发现了狐狸,没有一下子把头伸出去。那狐狸像狗似的,嗅着大雁的脚迹行走,明显地愈来愈走近我了。我摆好姿势,握紧鸟枪,瞄准了它,然后学小老鼠轻轻地叫了一声,它向我这边瞟了一眼,我再叫一声,它就向我走过来……

人　影

清晨,月亮还没有落山。东方朦朦胧胧。终于有一道曙光从朦胧之中透露出来,月亮周围却仍然保留着蓝幽幽的云气。

湖面上仿佛堆着冰块,雾气被如此奇异地、粗暴地破坏。村鸡和天鹅的叫声此起彼落。

我是个不高明的音乐家,但我认为天鹅有鹤一般的高八度音,每天早晨它们在沼地上仿佛要呼唤日光出来时的鸣叫,就是用的这种声音,而它们的低八度音,则是同大雁一样,低沉沉的。

不知是得力于月光,还是得力于曙光,终于让我发现了天顶那蓝幽幽的云气中飞着白嘴鸦,不一会儿,我看见了满空都是白嘴鸦和寒鸦:白嘴鸦在进行远飞之前的调度, 寒鸦照例在为它们送行——何以见得寒鸦总要为白嘴鸦送行呢? 过去有一个时期,我以为世界上的一切都是人所共知的,只有我这个不幸的人才什么都不懂,但后来我发觉,在生物界中学者们也往往连最普通的事儿都不知道。

明白了这一点,每当遇到这类情况时,我总是自己编造出一点什么来。那寒鸦的事,我是这样想的:鸟儿的心,如同波浪一般,在它们的生活中,有一种推动力,世代相传,如同石头抛在水中,激起了后浪推动前浪一般。也许,在第一次推动时,白嘴鸦和寒鸦是打算一块儿飞走的,可是白嘴鸦飞了,寒鸦却踟蹰不前。于是直到如今,寒鸦世世代代反复重演着同样的事:打算一块儿飞走的,结果却飞回来了,只是把白嘴鸦送走了。

不过事情也许还要简单一些:这还是我们在不久前才知道的,我们有些乌鸦是候鸟。那么为什么有些寒鸦就不能和白嘴鸦一块儿飞走呢?

一阵晨风,吹倒了我插在田地中央的一棵小云杉树,我原想靠它的遮挡,好偷偷地向大雁爬过去的,此刻只得又去把它竖起来。正当我竖好的时候,大雁出现了。我小心地绕着云杉爬动,不让大雁看见。但它们在空中盘旋了好几个圈子,始终怀疑这棵云杉,于是就飞向稍远一些的地方,散落在杜博维泽的近旁了。我从田地中央那一大丛柳树中，向它们偷偷地爬过去。在收割了的庄稼地上，铺着一层白雪，我的影子在白雪上爬在我前头，好一阵工夫，我没有发觉它，待我发觉时，它又大又怕人，已爬近到大雁跟前了，我不觉吃了一惊。那可怕的人影在白雪上抖动了一下，引起了大雁的惊慌，它们两百个声音蓦地都叫了起来，每个声音都不弱于人在冲锋陷阵时呼喊的"乌啦！"，接着就直向我的树丛扑过来。说时迟那时快，我一跳跳进了树丛，在树木的空隙中朝着那些长长的脖子举起了双筒枪。

松 鼠

天色微明，我们分头到云杉林中去打松鼠。天空阴沉沉的，显得很低，仿佛全靠云杉树支撑着似的。无数苍翠的云杉树顶，由于球果累累，看去呈棕黄色了。果实收成既然很好，松鼠也一定很多。

我一眼所及的那丛云杉树，有的像是被谁用小梳子从上到下梳理过，有的蓬蓬松松，有的很幼嫩，还带有树脂，有的已经老了，蓄着灰绿色的胡须（苔藓）。有一棵老树，下部差不多已经枯死了，每一根树枝上都挂着长长的灰绿色的胡须，可是树梢上的果实却可以采满一谷仓。这棵树上的一根树枝抖动了一下，但是，松鼠发觉了我，当即停下不动了。我守候在这棵老树下面，它矗立在一个圆如盘子的大坑里，树干下部有一边是烧焦了的。我拨开从旁边白桦树上落到盘子里的败叶，露出了一片盖着灰烬的黑土。根据这个痕迹，以及树干下部被烧毁的情况，我识破了盘子的来历。去年冬天，有一个猎人曾在这个林子里寻踪猎貂。那貂大概是在树上走动，从一棵树跳到另一棵树，在积雪的树枝上留下了踪迹，还掉下一些脏东西来。那猎人恋恋不舍地追猎这只珍贵的小兽，天色已黑了，只得在林中过夜。我此刻站立着的树下，曾有一个巨大的蚂蚁窝，可能是这个森林中最大的一个蚂蚁国。那猎人清除了蚂蚁窝外面的积雪，一把火烧毁了整个蚂蚁国，留下了一堆热灰。他自己就在这暖和的地方躺下来，盖上一件夹克，上面撒满热灰，就这样睡去了，天一亮，又继续去猎貂。今年春天，那原是蚂蚁窝所在的盘子里，蓄满了水。秋天里，旁边白桦树的叶子填满了它,松鼠从上头撒下许多球果壳,而今我却取毛皮来了。

我很想在等待松鼠的当儿,利用时间写一点关于这个蚂蚁窝的事。我慢条斯理地轻轻从背包里取出小本子和铅笔。我写道:这个蚂蚁窝是一个巨大的国家,好比我们人类世界上的中国。刚要写上"中国"两个字,上头忽地掉下一个球果壳来,恰巧打在小本子上。我猜想必是我头顶上有只松鼠在吃云杉球果。刚才我来的时候,它躲了起来,现在它心痒难熬,想知道我究竟是一个活人呢,还是像树木一样完全不动,因而是对它毫无危险的东西? 也许它竟是为了要试探试探,才故意向我丢下果壳来的。隔了一会儿,它又丢了一个,接着又丢了第三个。好奇心驱使着它,在没有察明真相之前,它暂且什么地方也不去。我继续写着蚂蚁的伟大劳动所创造的伟大蚂蚁国:这时来了一个巨人,他为了在这儿过夜,就把整个国家消灭了——写到这里,松鼠丢下了一颗完整的球果,险些儿打落了我手中的小本子。我拿眼角一瞟,只见那松鼠正小心翼翼地从一根树枝跳落到另一根树枝,愈来愈近,愈来愈近,最后,这个小傻瓜,就在我背后直望着我写的关于那个为了要在森林里过夜而消灭了蚂蚁国的巨人的字行。

另有一次,也遇到差不多的情形。我向松鼠开了枪,旁边三棵云杉树上一下子各掉下一颗球果来。不难猜到,这三棵云杉树上都停着一只松鼠,在我开枪的时候,它们都把脚爪里的球果松脱了,暴露了自己。十一月里,我们到"莫斯科近郊大森林"里去打松鼠,总是在上午十一点钟以前,和下午两点钟到黄昏这一段时间内,因为这几个钟头里,松鼠正好在云杉树上剥球果吃,它们晃动树枝,掉下些脏东西,为了寻找可口的食物,在树丛中跳来跳去。从十一点到两点钟的时候,我们是不去的,这时候松鼠正在茂密处的树枝上用脚爪洗脸。

胡 獾

去年这个时候,大地已是白皑皑的一片了,今年的秋令迟迟不去,地面至今还是黑色的,小白兔在黑地上走着或躺着,远远便能看见,这样,它们可糟了！但灰色的胡獾,却用不着担心！我猜想胡獾还出外走动呢。它们现在该有多胖啊！我试着在一个洞穴旁边等候。在这忧郁的时候,针叶树林中一下子是不会变得那么阒无声息的,不像我们关在屋里闲谈忧郁的季节和快乐的季节,向壁虚造它们的特点,那里万物依然在活动,并在这不倦的活动中各得其所,自取其乐。胡獾住的这一带陡岸,非常峻峭,人要爬到那上头去,往往会把自己的掌印留在沙土上,和胡獾的掌印在一块。我在一棵老云杉树的树干旁边坐下,隔着云杉下部的枝叶,窥伺着一个大洞口。云杉树上,一只松鼠为了过冬,用青苔围筑自己的窝,弄掉下一些脏东西。此刻,那样的寂静降临了,猎人听着它,能在胡獾洞口坐上好几个钟头而不感到寂寞。

在这被茂密的云杉支撑着的阴沉沉的天空下,觉察不出有丝毫日影移动的迹象,但是,黑洞里的胡獾,却能知道太阳下山,再过一会儿,它就要万分小心地试着出洞夜猎。它不止一次地把鼻子伸出来,打几个响鼻,重又躲进去,然后蓦地用异常敏捷的动作跳出来,管教猎人来不及眨眼。打胡獾最好在黎明之前去守候,那时胡獾刚好觅食回来,走路不提防,远远就传来窸窸窣窣的声音。但是现在按时间来说,胡獾应在冬眠期,现在它不是天天都出洞的,夜里白白地待着,白天再酣睡,未免可惜。

我坐的不是安乐椅,双脚都麻木了,但那胡獾突然伸出鼻子来,顿时间一切都比坐在安乐椅里还要好。胡獾把鼻子露了一下,立即藏了进去。过了半个钟头,又露了一次,想了想,又躲进洞里去了……

它到底没有出来。我还不及走到守林员那里,天已经大雪纷飞了。难道胡獾只把鼻子在洞口露了露,就能感觉到要下雪吗?

雪　兔

森林里落了一夜湿雪,雪花积满了树枝,又崩落到地上,发出沙沙的声响。那声音把一只白兔从森林中赶了出来,白兔大概料到了天亮的时候,黑色的田野会变白,浑身雪白的它,便可以高枕无忧地躺着了。它果然在离森林不远的田野上躺下来,而在它的近旁,也像它似的,躺着一颗在夏天时风化了的被阳光晒得白白的马头骨。黎明时，田野已铺满白雪，白兔和白色的马头骨都消失在白色的旷野里了。

我们略微迟到了一会儿，把猎狗放出去的时候，足迹已经慢慢变模糊了。当奥斯曼开始辨别兔子中途歇息的地方时，毕竟还能辨清灰兔和白兔足印的区别，因为奥斯曼是循着灰兔的足迹走的。但是，它没有来得及探明全部踪迹，白色小径上的一切都完全融化了，黑道上既没有了形迹，也没有了臊气。我们只得放弃打猎，沿着林边动身回家。

"用望远镜看看，"我对同伴说，"那边黑地里有一个什么白晃晃的东西，很显眼。"

"那是马骨，一颗头骨。"他答道。

我从他手里拿过望远镜，也看见了马头骨。

"那里还有一团白东西，"同伴说，"稍微往左一点。"

我往那边看了看，只见一只雪白雪白的兔子，也像马头骨似的躺在那里，在棱镜双筒望远镜中，竟还可以望见那白兔身上的一双黑眼珠。白兔的处境很尴尬：躺着吧——暴露无遗，逃跑吧——会在松软的湿地上给猎狗留下足迹。我们打断了它的犹豫：轰它起来，奥斯曼看见了，也立刻狂吠着，向那眼睁睁的东西扑过去……

美的主人

雾霭溟蒙中，画家鲍里斯·伊万诺维奇悄悄走到了天鹅的近边，举枪瞄准，忽然想到用小霰弹打天鹅的头部，能多打几只，于是打开弹膛，退出大霰弹，装进打野鸭的小霰弹。正待开枪，又觉得打的不是天鹅，而是人。他放下鸟枪，欣赏了半天，然后悄然后退，后退，就离开了那个地方，让天鹅一点也不知道有过可怕的危险。

人说天鹅不是善鸟，容不得身边有大雁和野鸭，时常要咬死它们。这是真的吗？不过，即使是真的，又有何妨呢？在我们诗意盎然的想象中，天鹅是姑娘的化身，是美的主人。

雾

夜里星光灿灿,格外温暖。将近黎明时分,我走到台阶上,我所听见的,只是一滴水从屋檐上滴到地上的声音。晨光初露时,晓雾缭绕,我们来到一望无际的大海的岸边。

从晨光熹微到旭日东升这一段时间,是最神秘的珍贵的时间,片叶不留的树木的图案,在这时才显露出来:小白桦从上到下地被梳理过,枫树和白杨从下到上地被梳理过。我作了严寒诞生的见证人,亲眼看到它怎样使枯黄的草变干、发白,怎样给小水洼蒙上一层薄薄的晶片。

太阳升起时,彼岸的结构,显露在云彩中,高高地悬在半空。在曙光照耀下,湖也终于在白雾中出现了。缥缈的烟雾里,一切都好像扩大了许多,长长的一队水鸭,变成了进攻部队的队列,而那群天鹅,却像童话中出水的白石城。

一只从夜宿地飞来的野乌鸡出现了,它无疑是有重要的事情,而不是偶然来的,因为从另一边,朝着同一个方向,又飞来了一只,接着,一只又一只……当我来到湖边沼泽的时候,那儿已聚有一大群了,少数停在树上,大多数在小丘上奔跑、跳跃、发情,完全跟在春天里一样。

只有看了嫩绿得显眼的冬麦,才能断定这样的日子不是早春,还有凭了我们本身,或许也能断定不是早春,因为现在我们胸中并无春酒在发酵,快乐也没有使人发狂,现在的快乐是平静的,像平常有什么痛苦消失之后一样,你会因痛苦消失而感到快乐,但同时又伤感地想:这不是痛苦,而是生活本身消失了啊……

在这场初雪期间,湖水完全变黑了,湖边添上了一个冰圈,冰圈日甚一日地紧扼着白色湖岸中间的黑水。现在,冰圈融化了,水得到了自由,闪闪烁烁,十分快乐。激流从山间飞下,淙淙潺潺,犹如春天。但一旦云彩遮盖了太阳时,才发觉水、水鸭的队列和天鹅的城,全凭太阳的光辉才能看见的。雾气重新把万物蒙住了,连湖也隐没了;不知为什么,留下来的只有那高悬在空中的彼岸的结构。

"伊万和玛丽娅"

晚秋时节有时候和早春完全一样：有的地方是白雪，有的地方是黑地。只不过春天里化雪的地方散发着泥土的气息，而秋天里则能闻到白雪的清香罢了。本来就有这样一种不移的定律：冬天，我们习惯于白雪，春天，泥土的气息使我们心旷神怡，而夏天，我们闻惯了泥土的气息，到了深秋，则又欣赏白雪的清香。

太阳难得露出脸来，照上那么个把钟头，然而，这已够令人欣喜了！那时候，柳树上十来片已经冻死了、但还没有被暴风刮走的树叶，或是脚边一朵小小的淡青色的花儿，会给我们带来多大的欢乐啊！

我向淡青色的小花弯下身去，惊讶地认出这是伊万，他从原来复合的小花——人所共知的"伊万和玛丽娅"①中孤单地留下来了。

老实说，伊万不是真正的花。他是由很小很小的卷曲的叶子组成的，只因颜色是紫的，所以就管他叫花。只有生着雌蕊雄蕊的黄色的玛丽娅，才是真正的花。是玛丽娅把种子散播在这秋天的土地上，使得明年大地上又开遍伊万和玛丽娅的。玛丽娅的事业要艰巨得多，大概正因为这个缘故，她才比伊万早谢了。

但是伊万耐过了严寒，甚至呈现出淡青色，这叫我欢喜。目送着晚秋的淡青色的小花，我低声说道：

"伊万，伊万，你的玛丽娅现在何处啊？"

追 猎

费道尔，一个猎人，从拉缅尼到了我这儿。拉缅尼离莫斯科不远，只需几个钟头就到了。可是那儿至今还有一些真正的职业猎人，整个冬天只从事于猎取狐狸、兔子、松鼠和貂。那都是些忙人。这个费道尔也是的。费道尔的正

---

①Иван—да—Марья(伊万和玛丽娅)即三色堇或蝴蝶花。——译者

业是鞋匠,打猎在他当然是无利可图的——可他偏偏爱好打猎。

费道尔听说我们这边狐狸很多,就到我这儿来打听,并带来了两条我们这一带闻名的狗,一条叫"夜莺",另一条好像是法国名字,叫"雷斯顿"。

夜莺是一条高大的杂种狗:身上混合有科斯特罗马狗、灵提、杂种看家狗的血统。是一条忠职的猎狗:带了它去打狐狸,真是得心应手,只要狐狸来不及逃进洞里去,夜莺一定会把它追得走投无路,蹲在它对面,汪汪地叫,并不咬坏它,只等猎人来猎取。

夜莺生了些小狗,模样完全像看家狗,但是打起猎来却很好,会追兔子,追狐狸,追貂,也会钻胡獾洞,在地底下追猎,像在地面上一样声音很低微。这些事,谁要是不知道,就很奇怪,甚至不知怎么觉得很可笑。

费道尔所豢养的猎狗是遐迩闻名的。

夜莺的一个小儿子,已打第二回猎了,生得特别灵敏,可是那副样子……还是将它锁起来去看守门户吧。

莫斯科的猎人看见了,只是摇摇头:

"这哪是狗!"

于是管它叫"小皮球"。

我自己也把这条毛茸茸的、火红色的、完全像看家狗模样的雄狗叫作小皮球,不过并非我也像莫斯科人那样轻视费道尔的狗,只是管身份如此低下的狗叫作阿雷斯顿,舌头实在转不过来。

大概是一些老练的贵族时代的雇佣猎人,让费道尔采用古希腊的名字的,但庄稼人的舌头却使得死的字眼复活了,像文艺复兴似的。给狗取了名字叫雷斯顿,接着做了一个合情合理的解释。雷斯顿,意思就是雷斯基—顿[①],简化之后,便是雷斯顿。

且说十月六号那一天,费道尔来到我这里,带来了夜莺和这个火红色的小皮球。我们村里的猎人,凡是有一支凑合得过的猎枪的,傍晚时分都来了,

---

①俄语 резкийтон 意为"尖锐的音调"。——译者

声言要一块儿去打猎。即便是那些不打猎的人,也都一本正经地赞成整个计划,并且还请求道:"打狼去吧!"

这班猎人的头儿,是我的邻居铜匠托米林,这人约摸有四十来岁,一家九口,单靠镀镀茶炊和修修铅桶,难以养活,于是他还收集旧铜烂铁,制造些猎枪,他特别夸口说他做的撞针簧如何如何好。

有时我很喜欢和这些村里人去打猎,但是我总是立在一旁,因为每次打猎一定有人把枪支炸裂了。这是不足为奇的。他们所用的枪支,你远远地用肉眼就能望到枪筒上满是闪闪发光的铜焊的补丁。有一个人的枪扳机竟是缚在细绳上的:弹药打出去,扳机往上一飞,又挂了下来。可是,他们对于这些,都满不在乎,即使枪子没有命中,也无所谓,至多"咳"一声……

我最怕的是那种用通条由枪口装药的枪,弹药是上一年就装好了的;打猎开始时,通常大家在一起把弹药朝天放掉,然后,当枪主吹着枪筒里的烟,而青青的烟不只从枪筒里冒出来,却像喷泉似的从四面八方冒出来的时候,大家就哈哈大笑起来,并说道:

"筛子!"

"给婆娘筛面粉吧。"

他们就是这样的自己拿自己取乐。这样打猎真是快乐,我脑海里总要浮现出遥远的年代,也是举村去打古象的情景。我想,我们现在要好一些,因为打那巨大的动物,大概得出很大的代价,而我们现在打猎的对象往往是秋季出生的雪兔,只有大老鼠那么大,打起来不费吹灰之力,而猎人的快乐和所需的张罗,却和打古象一样。还有一件事,也很有趣,在离开森林时,那个扳机会飞的猎人,总要回头威吓那从未见过的古象说:

"留点意,瞧我打掉你的'马裤'①。"

自然,如果有真正的古象,一定会有人说:

"别吹牛啦,不把你自己的马裤给打掉就好了。"

---

①意指腿。——译者

可是这时候只有人说：

"你还是小心点,别让扳机飞起来……"

多么兴奋啊! 铜匠托米林为了打猎,夜里两点钟左右就起床看天气了。我听见响动,也起身给自己生茶炊。

夜里三点钟。

我和费道尔在喝茶。看得见对面托米林也和儿子在喝茶。我们的话题是兔子,谈到兔子钻到落叶里去是最难找的了——落叶厚极啦。

四点钟。

仍在喝茶。话题转到狐狸身上,狐狸这个坏蛋是最狡猾不过的。可以举出千百个例子来。

五点钟,我们在想着用什么好法子把貂从树洞里赶出来。我们想出了最好用滑雪板往树上擦,貂以为是人在爬,就会跳出来的。

灰蒙蒙的晨光,透进了窗口。猎人们都聚集到窗下,坐在一条长凳上轻声交谈。

出发了。我们之中没有一个会懊丧的人,那种人在做任何公众事情之前,总要暗地里想,这事情不会有什么结果,走起路来也没精打采,等到获得了意外的成功,才稍微打起精神来。

漠漠的晓雾也丝毫没有使我们苦恼,恰恰相反,我们之中未必有人认为春天里夜莺啼啭时在避暑地看日出会比这更好。

只有晚秋时节才如此美好:夜雨过后,昏朦的夜色慢慢地稀淡了,太阳喜洋洋地升起,处处树上滴着水珠,仿佛每棵树都在洗脸。

那时光,森林里的沙沙声连续不断,叫你老觉得有人偷偷地跟在身后。但是你大可以放心,那不是敌人,也不是朋友,那是与人无争的林中居民正要去冬眠。

一条蛇懒洋洋地轻轻爬过去了,看来这爬虫正要钻到地下去。它一点也不注意我们,微微蠕动着,碰得秋叶窣窣作响。

一阵阵的幽香,沁人肺腑!

不知是谁在旁边说了两句话。我想,这是我的错觉,是我的听觉本身对此临死的大自然里的沙沙声所附加的两句有生气的人语。也许,那是不安静的松鼠的声音?但是过不多久那声音又响了,我回头望了望猎人。

他们全都一声不响地等待着,期望茂密的云杉林中跳出只兔子来。

那声音究竟从哪里传来的呢?是谁说的呢?

或者,那是女人们去采撷晚生的黄蘑菇,由于森林里的沙沙声引起了惊疑,间或小心翼翼地互相交谈吧。

"看齐,看齐!"我听见空中这声音。

我这才明白,那不是人在森林中说话,而是大雁在高空中互相勉励。

金色白桦树间的空处终于出现了一大队大雁,要想一只只数是来不及的。我用小棍子在空中计量出了十五只,然后把小棍子按着整个"人"字形移转,算出雁队里总共有两百多只雁。

茂密的云杉林中兔子中途歇息的地方,间或响起夜莺的汪汪叫声。它在那边很不容易辨清踪迹,因为夜里的小雨透过了茂林,把兔子中途歇息的地方完全毁坏了。

我们的猎人,管这一带密密匝匝的幼嫩的云杉林叫作"箱子",大家都相信兔子此刻正在箱子里。

猎人们说:

"它怕树叶,怕水滴,现在是赶它不出的。"

"好像给钉子钉住啦!"

"问题不在树叶和水滴,主要是它躺定了在那里,因为它开始变白了,我亲眼见过的:马裤已经白了,身上还是灰的。"

"啊,要是马裤已经变白,那就赶它不出了,它在箱子里,像是给钉子钉住了。"

茂林上空,有一棵特别高大的云杉树,全身粘满了酪浆似的树脂,整个云杉树的箱子里,落满了白桦树的枯叶,新的枯叶还不断地带着轻轻的窸窣声飘下来。

一个猎人打了个呵欠,看着落满树叶的云杉林说道:

"真是个五斗柜!"

铜匠托米林也打了一个呵欠。

他们此来是打猎,竟还打呵欠!

铜匠托米林说:

"我们不帮帮夜莺吗?"

他们把箱子打量了一番,仿佛是在估计自己的力量:穿得过去还是穿不过去。

突然,大家都跳起来,决定去帮助夜莺,发一声喊便朝着箱子冲过去,枪筒上的补丁在初阳下闪着亮光。

指挥员托米林铜匠,深入到茂林正中央,他在那里被扎得愈痛,就喊得愈响。

喊声、嘘声、尖叫声、狗吠声,交织成了一片:人间任何地方再也听不到这样的声音,大概是打古象的时代留下来的吧。

开枪了。

忽然有人拼命地叫喊:

"跑啦!"

打猎的最艰难的第一步结束了,正好像把引火线置于火药桶下面,引火线燃了整整一个钟头,火药终于猛然爆炸了。

"跑啦!"

每个人都欢天喜地地狂喊:

"跑啦,跑啦!"

夜莺的稳定而急促的追猎声响起来了,小皮球也跟着它跑到,这条雷斯顿,奔跑的音调的确很雷斯基:雷斯——顿。

顷刻间所有年轻的人全像猎狗一样,也不分辨一下情况,就乱纷纷地跑去截击,铜匠托米林也和他们一起,他不知从哪里来的一股劲头,像青年人似的,身过处灌木纷纷断裂,活像一只麋鹿在飞奔。

他们这样做法，是永远不能叫兔子稍稍停一下的，但是，他们或许并不需要兔子停下来，他们引为乐事的，就是在森林里疾跑，像猎狗似的追猎。

我和费道尔，两个老手，交换了一下眼色，微微一笑，倾听追猎的声音，弄清楚了兔子转弯抹角地逃到了哪里之后，就停住了：他站在箱子口前面的林中空地上，我站的地方稍微远一些，在参天的古树和茂密的茅草丛之间三条绿茵小径的岔路口。

一个四十来岁的猎人在奔跑中像麋鹿似的折断灌木所发出的响亮的噼啪声刚刚静下来的时候，远处，一条绿茵小径前头，大树林和茂密的茅草丛之间，先闪出了白马裤，接着一身灰色也露了出来：一瘸一瘸的，一直向我走来。

我举起猎枪，从准星眼里窥觑着它：这古象原来是只秋季出生的极小极小的雪兔，它那还很短小的身干，前头有两只大耳朵，后头有两条长腿，走起路来，前身时而高高抬起，时而低低俯伏。

一个重大的责任落到了我的肩上：不能让这只落叶期出生的兔子再逃回箱子，也不能让猎狗再久久地陷在箱子里，我应该立即把这只古象打死。我于是瞄准了它。

它蹲了下来。

蹲下来了，我就不射它，反正它是逃不了的；它若跑近我，准星自然会朝下对准它的前足，它若跳到一旁，准星会立时对准它的鼻子。

什么也挽救不了这只可怜的古象了。

突然间……

在它的旁边，从尚未割掉的茅草丛里探出了半个棕黄色的头，仿佛被大露水淋成灰色的了。

"是小皮球？"

我险些把它当狐狸打死了，可是原来这根本不是小皮球，这正是狐狸……

这一切都发生在俄顷之间，那个被露水淋成灰色的头，既来不及伸出来,也来不及缩进去。我开了枪,那黄色的东西就在尚未割掉的茅草丛里乱动起来,白马裤在远处闪了一闪。

猎狗随即扑过去……

费道尔也赶到了。铜匠托米林端着猎枪,好像打冲锋似的从树林里冲到小径上来,其余的人也一个个跟着冲出来,枪筒上的补丁闪闪发光。被皮带拴住的猎狗,一个劲儿朝狐狸扑过去,不住地怪声狂吠。猎人们齐声呐喊,个个都想喊得比别人更响亮,表示他也看见了在茂密的草丛中露出的狐狸。等到猎狗安静下来,青年人不再喧哗的时候,大家的心中留下了同样的兴奋,仿佛大家是一个人。

费道尔说:"这只狐狸是怕惊动的。"

铜匠托米林也用自己的话说:"是只傻狐狸。"

安恰尔

我爱猎狗,但是我不喜欢在森林里呐喊驱狗,在灌木丛中乱钻,自己也变得像狗一样。我是这样打猎的:把狗放出去,自己动手煮茶,甚至狗轰起猎物的时候,我也不慌不忙。我一边喝茶,一边细听,一经辨明了声音,即刻去狙击,立在适当的位置上,一枪结果了猎物。

我就爱这样打猎。

我有过一条狗,叫安恰尔。现在安葬在阿列克塞耶夫鹿寨,那里有一条直通到采伐迹地的谷地,在这谷地里,有安恰尔的一座坟墓,坟墓上立着一个"恶魔"……

安恰尔不是我养大的,是有一次一个庄稼人带给我的,那是一条高大而端正的雄狗,还戴着"眼镜"。

我问那庄稼人道:"是偷来的吗?"

"是偷来的,"他说,"不过是很久以前的事了,是我女婿在它小的时候从养狗场偷来的,现在不会有什么麻烦的了。这是条纯种狗……"

"品种我自己看得出来。"我说道,"腿怎么样?"

"可棒啦。"

于是就出去试一试。

我们出了村子,一把它放出去,它就跑得无影无踪了,只在晚秋白花花的地上留下绿色的足迹……

到了森林里,那庄稼人对我说:"我有点儿冷,我们来烧堆火吧。"

"有点儿不对头,"我心里揣摩着,"敢情是他耻笑我吗?"不是的,他没有笑,他拾来柴禾,烧着了,就坐下了。

我问他:"那条狗不知道怎么样啦?"

他说道:"你年轻,我老啦,你没有见过这样的事儿,我来教你吧:这条猎狗,是用不着担心的,它知道该怎么做,让它寻去吧,我们来喝茶。"

说罢,得意洋洋地微笑着。

我们喝了一碗茶。

"汪汪汪!"

我霍地站了起来。

庄稼人笑了,若无其事地给自己斟上第二碗茶。

他说:"我们再听一听,听它轰起什么来了。"

我们侧耳细听。

狗吠声很低沉,追得不紧,动作很敏捷。

庄稼人明白了,说:"赶的是狐狸。"

我们又喝了一碗茶,那条狗已经飞跑了约摸四里路了。它突然失掉了狐狸。庄稼人用手指指那一边,问道:"你们有牛放在那边吗?"

不错,那两头卡拉楚诺夫的牛正在那边放牧。

"狗被狐狸骗到牛的足迹上去了,现在它又得寻一阵子了。我们再喝碗茶吧。"

但是没有让狐狸喘息多久,狗又发现了它的新足迹,并在那里兜起小圈子来——显然狐狸就住在附近。狗一兜起圈子时,庄稼人就不再喝茶了,他浇灭了火堆,又开两腿,说:"喂,现在得赶紧啦。"

我们跑到狐狸洞前面的一块空地上去截击。我们刚刚埋伏好,狐狸就逃到空地上来了,狗紧追在它后面。狐狸将尾巴向沼地那边翘了翘,示意给狗看,但狗不相信,却一口咬住了它的颈子,它就完蛋了!——这场打猎也就结束了:狐狸死在地上,狗在它旁边躺下来舔爪子。

人们随便管这条狗叫"贡恰尔",我一时高兴,就把它叫为:"安恰尔!"

自此之后就叫安恰尔了。

你知道猎人的心事是怎样吐露出来的吗?告诉你,清晨,草地上满是银霜,太阳还没有出山,漫天都是大雾,后来太阳升起了,雾渐渐消退,在翠绿的云杉和金黄的小白桦之间,那原先是雾的东西,变成一股青气,慢慢地呈现出蓝色、金色,璀璨夺目。寒冷的十月天,就这样显露出来,而猎人吐露心事,也恰恰是这样:他饱尝了寒冷和阳光,打个痛快喷嚏,把每一个遇到的人,都看成了好朋友。

"我的朋友,"我对庄稼人说,"是什么不幸,使你要把这样可爱的狗卖给别人呢?"

"我是要把这条狗交给能干的人。"庄稼人说,"至于我的不幸,那是庄稼人的不幸:我那头母牛在麦地上受了冻,肿胀起来,死掉了,得再买一头,庄稼人没有牛,是不行的。"

"我知道,那是不行的,我很可怜你。那么你想用狗换些什么呢?"

"我要一头牛,你有两头牛,把那头有花斑的给我吧。"

我于是用一头母牛换取了安恰尔。

嗳,我也有了一个美好的秋天,在森林里不用呐喊驱狗,也不让树枝扎眼睛,独个儿在小径上悄悄地行走,欣赏着一天黄似一天的树木,有时也捕捉捕捉松鸡:只需用脚在小径上踩几下,吹几声鸟笛,松鸡就会自己顺着小径向我奔过来。黄金的日子,就是这样度过去了。有一天早晨,天气十分寒冷,太阳出来,稍微暖了一些,到了中午,树上所有的叶子都飘落了。松鸡不再回答我的鸟笛了。秋雨绵绵,落叶霉烂,最忧伤的月份——十一月来临了。

我不曾有过聚众到森林中去行猎的事,我爱静悄悄地进入森林,走走歇歌,间或屏息不动,那时候,任何小兽都把我当作自家人,我爱细细观察这各种各样的小东西,我对一切都觉得惊奇,我只猎取该猎的东西。我最不喜欢成群结队地在森林中行走,拼命地呐喊,碰到什么就打什么。不过若有一个谈得来的朋友,一个懂事的猎人,我倒喜欢带着他,这是另有一种乐趣的,而且也是一件好事,因为我很喜欢跟好人来往。十一月初,莫斯科就有一个猎人写信来,要求同我一起去打猎。诸位都知道这个猎人,我不打算说出他的名字来。当然喽,我很高兴他来,复了封信给他,六号夜里,他就来了。

天气正合了我们的心意:在他来之前,下了一场可喜的初雪,恰好六号那天融化了,满地泥泞,下起寒冷的蒙蒙细雨。我一夜没有睡好,担心雨会妨害我们打猎,会冲掉夜间野兽的足迹。幸喜到了下半夜,已是满天星斗了,清晨来临时,兔子跑得很欢。

黎明之前,晓星高照,我们喝够了茶,谈够了话,等到窗外发青,就带了安恰尔出去打灰兔。

村子旁边是一片今秋播种的麦地,今秋麦苗长得稠密而苗壮,青盈盈、水灵灵的,不信你可尝尝。灰兔在这麦地里吃得这样肥,简直教你难以相信,它体内的脂肪竟像葡萄似的挂着,我几乎可以从它身上剥下一斤来。安恰尔兴奋地找着了足印,转了几个圈,辨清了兔子中途歇息的地方,就直向它藏匿的地方跑去。森林中这时候满是滴水声和沙沙声,灰兔害怕这种声音,就走出森林来,躺在阿列克塞耶夫鹿寨对面我们的采伐迹地上。我明白安恰尔的意思,它从麦地里往采伐迹地去,还不如往荒地的凹处去,因为灰兔要从采伐迹地跑开,一定会经过这一段凹地的。我把朋友安置在第一个地方,在凹地的边上,我自己站在另一边,他看不到我,我可把他看得清清楚楚。

当然,在打猎上,计划也是需要的,只不过很少照计划进行。我们左等右等,还不见有追猎的声音,安恰尔好像失踪了。

"谢辽沙!"我喊道……

唉,真抱歉,我本不想对你们说出这个猎人的名字的,你们全都知道他,好在我们这儿叫谢辽沙的人很多。

"谢辽沙！"我喊道,"你吹角笛唤安恰尔回来！"

我把自己打猎的角笛交给他,他是个吹角笛的能手,也爱吹。他刚拿起角笛,我就看见安恰尔沿着凹地向我们跑来了。看它的步式,我立刻明白了,它正是顺着那条踪迹跑的,我还明白了,那只灰兔是被狐狸或猫头鹰从洞穴中赶出来的,它已经跑过了凹地,安恰尔正在追捕它。就在安恰尔跑近了我朋友的时候,只见我那朋友举起枪来,瞄准……

如果我在那顷刻之间能回忆起一件往事,那就什么也不会发生了:有一次我也正从那个地方瞄准了一个人的脑袋,险些儿把他打死了。因为那人戴着一顶兔皮帽子,在凹地里走。我只看见那顶帽子,正要扳枪机,整个脑袋突然露了出来。如果这番教训能在我脑子里闪一闪,我便会明白在上头是只能看得见兽毛的,只要喊一声,就没事了。然而,我却以为我的朋友是逗着玩的,这种事在城里的猎人是常有的,仿佛是伫立过久的马儿一样。

我当他是开玩笑,不料——砰！

一阵死寂,火烟垂落到凹地上,笼罩了一切。

我怔住了,猛忆起自己在那地方险些儿开枪射击一个人的脑袋的往事。

青烟弥漫在绿油油的凹地上。我等着,等着,每秒钟都像几年那样长,可是安恰尔没有出来,安恰尔没有从烟雾里走出来！烟雾消散了,我看见我那安恰尔长眠在草地上,长眠在那床铺似的青翠的草地上。

沉重的秋天的水珠,从高高的树木上滴落到小树上,从小树上滴落到灌木上,从灌木上滴落到草上,又从草上滴落到地上:森林里一片悲惨的低泣声,只有大地是静寂的,大地在静静地承受全部的眼泪……

我以干巴巴的眼睛观察着这一切……

"唉,算不了什么,"我想,"有时候还要惨哩,一个不留神把人都打死了。"

我是个历尽艰辛的人,很快就抑制了自己,我已经在想,我应怎样安慰安慰我的朋友,应怎样对他更亲热一些,——我自然知道,他并不比我好受,我们都是猎人,得用快乐来洗刷痛苦。在茨冈诺沃,家家户户有自酿的土酒,我决定到那儿去,把一切都洗刷掉。我一边想着,一边看着朋友,我奇怪:他走到下面去,看了看打死了的安恰尔,又回到原处,自管站在那里,仿佛还在等待追猎声。

他耍的什么花招?

"跳下来。"我喊道。

他应声跳了下来。

"你开枪打了什么东西?"

他没有作声。

"你打了什么东西?"我喊道。

回答:"猫头鹰。"

我气得肺都要炸了。

"打死了吗?"

回答:"没有打中。"

我在石头上坐下,霎时一切都明白了。

"谢辽沙!"我喊道。

"嗯!"

"你吹角笛呼安恰尔回来。"

我看到,谢辽沙拿起角笛,又放下来。他向我这边走了一步:显然,他害羞了,他又走了一步,沉思起来。

"来吧,"我喊道,"吹吧!"

他又拿起号角。

"快,"我喊,"快!……"

他把角笛送到唇边。

"对啦,好……"

他吹了起来。

我坐在石头上,倾听着朋友吹的角笛声,心里想着非常荒唐的事:我仿佛看见了乌鸦在追逐鹞鹰,我就想,鹞鹰为什么不给乌鸦后脑壳一点厉害呢，它只要啄一下就够了。想着这些事，可以在石头上无论坐多少时候。我又想起了人本身的问题：他为什么要欺骗呢？死亡就是终结，一切都结束得如此干脆，为什么大家还要吹角笛呢？狗已经打死了，我们不能猎取任何东西了，狗是他亲手打死的，他知道：我是人，不是玩物，我不会要他赔偿，也不会说责备他的话……

他在骗谁呢？

"这样吧，"我指点他说，"你打那条小路走，那条路是通到茨冈诺沃去的，我们到那里喝酒去，你一边走，一边吹，不停地吹，我还要在森林里走一会儿，听听安恰尔会不会在什么地方听见角笛声，哼哼起来。"

"瞧你，"他说，"把角笛拿去，自己吹吧。"

"不，"我回答，"我不爱吹，我吹了角笛，耳朵里就嗡嗡的响，什么也听不见，可我现在还得听细微的声音。"

他露出了怯色，吞吞吐吐地问道："你自己到哪儿去？"

我指了指安恰尔躺着的那一边。

"唔，"我想，"这会儿他可无法躲避了，马上就要承认了。"

可是不然，他竟说："我劝你别到那边去了，那边并没有树木，它不可能吊死在灌木上的。"

"好吧，"我回答，"我就到这边去吧。你呢，请别忘记，要不停地吹，吹。"

我说了朝另一边走之后，他十分高兴，便吹了起来，路有三里来长，他得一路上吹着，吹着。

"不错，"我望着他的背影，心里想道，"在生的起点，常常有许多奇迹，而在死的终点，却不会有奇迹的：安恰尔不会回答了。因此真正的猎人会逼视着你的眼睛，说：我们喝吧，朋友，什么都完了。"

可是他骗谁呢？

我腰间总带有一把小斧头，以备不虞之需，我用斧头砍下一截干枝，削成铲子模样，在松软的泥土上挖了个坑，将我的安恰尔埋入坑里，堆了个小土丘，切些草皮铺上去。我曾在森林中一块烧毁了的地方，看到过一个用烧焦了的木头做的"林鬼",在黄昏的时候,它总吓得我们的婆娘胆裂魂飞,因此大家都叫它恶魔。我就到那块地上把恶魔搬了来,给安恰尔当了墓碑。

我站着,欣赏着魔鬼,谢辽沙还在吹着,吹着。

"谢辽沙,你骗谁呢?"

天上落着冷冰冰的雨丝。沉重的水珠从高高的树木上滴落到小树上,从小树上滴落到灌木上,从灌木上滴落到草上,又从草上滴落到湿漉漉的地上。整个森林里低泣不绝,发出"老鼠,老鼠,老鼠,老鼠……"的声音。大地妈妈却静静地承受着全部的眼泪,饱饮它们,不断地饮着……

我仿佛觉得世界上的条条道路都汇集到了一个终点,狗墓上的林鬼就站在这个终点上,怀着如此尊敬的眼光看着我。

"听着,鬼,"我说,"听着……"

我在墓上说了一番话,说些什么,我暂且保密。

这之后,我心里平静了,我就来到茨冈诺沃。

"别吹了,谢辽沙,"我说,"一切都结束了,我什么都知道了。你骗谁呢?"

他面如土色。

我和他喝了酒,就在茨冈诺沃过夜。这位猎人诸位全都知道的,我们每个人的记忆中都有这样的谢辽沙。

人参

一

　　地球上第三纪的野兽,当大地渐渐冰封的时候,并没有离开自己的故乡;倘若骤然间天寒地冻,老虎看见自己留在雪地上的脚印,该多么害怕啊!没有离乡他去的,有猛虎,有世界上最美丽、最温文尔雅的一种生物——梅花鹿,还有一些奇异的植物:树状羊齿,楤木和有名的生命之根人参。如果连亚热带的冰冻都没有把野兽赶走,一九〇四年满洲里人类的隆隆炮声却把它们赶跑了,那么,怎能不想到人类在大地上的威力呢?!据说,从那以后,在远远的北边,在雅库茨克原始森林里,常遇见老虎了。我也跟野兽一样经受不住……我曾经听见并且至今还清楚地记得,一颗致命的炮弹怎样呼啸着飞到我们的战壕跟前来,尔后我就什么也闹不清了!人们有时就是这么死去的:什么也闹不清!不知道过了多少时间以后,我发现周围的一切都变了:没有活的东西了,敌我双方都没有活的了,战场上遍地是死人、死马、炮弹壳、子弹夹、劣等烟的空盒,我身边的地面满是弹坑,像天花瘢似的。我在满洲里赶上的这场俄日战争结束以后,我拣了一支比较好的三英分口径步枪,把背包装足了子弹,就到我的故乡所在的那边去。我从小就向往着从未见过的大自然,于是现在我来到了一个仿佛按我的所好建成的天堂里。我在故乡的哪儿都没有见到过像这满洲里一样辽阔的原野:密布森林的群山,长满茂草的山谷,这草高得可以把骑马的人完全隐没,还有像篝火似的大红花,像鸟儿似的蝴蝶,以及繁花夹岸的清流。未必能再有这样的机会,可以放意畅怀,逗留在处女大自然中了!俄国国界离这儿不远,也有同样的自然风光。我向那边走不多久,发现了无数顺小溪的沙底爬上山去的山羊脚印。那是满洲里流动的山羊和麝,向北穿过国界,成群进入我们的俄罗斯[1]。我好久追不上

---

　　[1]动物如候鸟迁徙,在远东特别明显。——作者

它们，但有一次，在马河发源的山口那边，在高处峡谷的陡坡上，我看见有一只公山羊，站在一块石头上，我猜想它已经觉察到了我，正在用它的语言骂我。当时我已吃完了全部面包干，两天来只靠圆圆的白色小蘑菇充饥。这种蘑菇成熟以后，脚踩上去会发出"噗"的一声响：原来它是一种可以凑合着吃的食物，而且几乎像葡萄酒一样有兴奋作用。我饥肠辘辘，恰好遇到山羊，不由分说，就举枪分外用心地瞄准它。正当准星瞄准山羊的时候，我又看见在比山羊稍低地方的一棵柞树下，躺着一头粗壮的野猪，山羊骂的是它，不是我哩。我把准星转向野猪，枪声过后，不知从哪儿一下子窜出整群的野猪来，而在四面受风的高高的山脊上，我看不见的那整群流动的山羊，骚动了起来，沿着马河迅速向俄国国界奔去。山后面的丘陵上，有两个土房子，连着几小块庄稼地。中国主人们高高兴兴收下我的野猪，请我吃了顿饭，还给了我大米、小米以及一些其他食品，算是跟野猪肉交换。后来我知道，在那原始森林里，子弹就等于是货币，所以我十分顺当，相当快地过了俄国国界，翻过一个山脊，眼前只见一片蓝色的海洋。不错，能居高临下就近看见蓝色的海洋，单为了这一点，过许多个像野兽一样似睡还醒、提防不测的难挨的夜晚，吃的是只有凭子弹得到的东西，也是心甘情愿的。我从高处久久地纵目欣赏面前的景色，自以为千真万确是世界上最幸福的人了。我吃了几口东西，从光秃的山顶上向偃松树丛走下去，从偃松树丛又慢慢地进入满洲里沿海自然界的阔叶林。那儿的天鹅绒般的树——黄伯栗，一下子就叫我分外地喜爱，因为它显得那样的纯朴，差不多像我们的花楸树，却又不是花楸树，而是黄伯栗。在一棵黄伯栗的灰色树皮上，有几个因时间长久而发黑的俄文字："你的不能走，要不把你咔哧！"怎么办呢？我又看了一遍，盘算了一会，只好听从原始森林里的警告，骤然回头，另觅新路。这时树后有一个人正在注视我，当我读了警告，回转身的时候，他明白我不是危险人物，便从树后走出来，摇摇头，向我示意不要怕他。

"走吧，走吧！"他对我说。

他勉勉强强用俄语给我作了解释。三年前这个峡谷为中国猎人所占，他们在这儿捕捉马鹿和梅花鹿,写那句话是为了吓唬人家不要在这儿走动,以免惊扰野兽。

"走吧,走吧,溜达,溜达!"那中国人脸露笑容对我说,"没事儿。"

这笑容既使我迷惑,又使我有点儿不自在。最初我觉得这中国人不仅年老,甚至年已古稀:他的脸上布满了细密的皱纹,皮肤是土色的,一双几乎看不出的眼睛藏在犹如老树皮一样皱巴巴的皮肤中。但他微笑起来以后,那美丽的人眼就突然放出了黑亮的光芒,皮肤舒展了开来,嘴唇有了颜色,还很白的牙齿闪闪放光,整个面孔从内部透出了像年轻人一样精神、像孩子一样信赖的神情。正如有些植物在坏天气或夜间,灰色的内子叶往往闭合起来,而当天好的时候,就张开来了一样。他以一种特殊的热切关注的神情,将我扫了一眼。

"我想吃点儿东西,"他说着,把我带到他的小土房里去,那是在峡谷小溪旁边一棵长着巴掌那么大叶子的满洲里核桃树的阴影底下。

小土房有些旧了,棚顶是芦苇做的,为了不让台风刮走,拉上了网子;门窗上没有玻璃,只是用纸糊着;周围没有篱笆,但土房旁边立着各种挖人参用的工具:小铲子、铁锹、刮刀、桦树皮做的小盒子和小棍子。土房旁边看不见小溪,它在地底下什么地方一堆乱石下面流着,倒是很近,开门坐在小土房里,也可经常听见它的不平稳的歌声,有时像高兴的、但是压得很低的谈话声。当我第一次侧耳细听这谈话声的时候,我仿佛觉得"阴间"是有的,所有相爱的人离别以后现在都在那儿重逢,满腹的话儿白天黑夜、几个星期、几个月都说不完……机缘让我在这小土房里过了许多年,在这漫长的年月里我一直对这谈话声很敏感,同后来听惯了螽斯、蟋蟀和知了的音乐会而麻木不再理会的情形正好相反,因为这些音乐家的音乐是那么单调,只消一会工夫,就听而不闻了——这些小动物之所以被创造出来,倒好像只是为了要使人的注意力离开自己的血液运动,只是为了使荒野的寂静变得那么深沉,如果没有这些小动物,那份寂静就绝不可能那么深沉了;但是我永远也忘不了地底下的谈话声,因为它是变化无穷的,而且那感叹的声音也总是突如其来,别具一格的。

那寻找生命之根的人收容了我,给我吃了饭,却不问我从哪儿来,到这儿干什么。当我美餐了一顿、善意地看了看他时,他也报我以微笑,就像一个熟人甚至亲人一样,这时他才举手指了指西边说:

"阿尔谢亚?"

我立刻明白了他的话,答道:

"是的,我是俄罗斯来的。"

"你的阿尔谢亚在哪儿?"他问。

"我的阿尔谢亚是莫斯科,"我说,"你呢?"

他答道:

"我的阿尔谢亚是上海。"

不消说,在我们的语言中,"我的和你的"就这样完全偶然地一致起来,在他这个中国人和我这个俄国人之间,仿佛有着共同的故乡阿尔谢亚。但是后来,许多年以后,就在这里,在这条絮絮低语的小溪旁,我开始了解这个"阿尔谢亚"的意思。

离小土房子不过二十来步远,就是一片无法通行的密林,其中有柞树,黄伯栗,小叶槭树,千金榆和紫杉,它们的树干被五味子和葡萄的藤蔓结结实实地缠绕起来,还有带刺的植物,非常高的艾蒿以及我们那儿只在花园里才遇得见的那种丁香,都同树纠缠在一起。卢文经常下坡去打水,在这儿踩出一条小路来,这条依稀可辨的小路,绕过密林,很快来到悬崖的边上,这时,在小土房子旁边可以听见的仿佛来自阴间的全部谈话声,一下子冒了出来:水流从岩石底下来到了世间,立刻在迎面的峭壁上碰得粉碎,成了五彩的水雾飞落下去。但是那宽阔而陡峭的岩石也都微微渗着水,总是湿漉漉的,总是亮闪闪的,那数不清的细细的一股股水,都汇集到下面欢快奔腾的露天的水流中去。我永远也忘不了这一份福气:在这泉水中洗个痛快澡。这对于一路历尽千辛万苦的我,是多好的报偿啊!后头的山脊那边,小虫子咬得我不得安宁,而在这紧靠海边的地方,就既没有蚊子,也没有牛虻和小虫了。从我洗澡的地方再下去一点,有几块石头形成的一个漩涡,我把衬衣留在那儿任水洗,自己却坐在"浴场"中,泉水从上面向我头部喷下来,好像洗淋浴一样。那泉水跌落下来,哗哗作响,恰好使动物听不见人的任何可怕声音,它们若无其事地走到水流旁边来饮水。在这沿海原始森林中,我初次探胜,居然就有所发现了。在阔叶树阴影下面的喜欢阴凉的青草地上,到处是四十二度纬线上的骄阳洒落下来的斑斑驳驳的光点。在沿海边区,夏天是雾季,只有极稀少的日子才艳阳朗照,今天我正好赶上了。在斑斑驳驳的光点之间,假使有动物纹丝不动呆着的话,我真没法分辨出它们的红毛上完全同样的斑点:几只梅花鹿大概就在附近什么地方躺了一会,站起来走了,在它们饮水的小溪上的光点之间移动着身上的斑点。凡是来到东部地区的人,谁不曾听说过这沿海原始森林中的极稀有的野兽,它们的角还幼嫩含血的时候,似乎有使人恢复青春和欢乐的药力呢?中国人认为如此珍贵的鹿茸,它的奇异故事我听得多了,竟连一切故事和神话听来都另有新意了。眼下在紧靠水边一棵满洲里核桃树的两片巨大的叶子之间,就见到那著名的鹿茸伸了出来,毛茸茸的,红桃的颜色,长在有一双美丽大灰眼睛的活的脑袋上。这灰眼睛刚向水面低下头去的时候,旁边出现一个没有角的脑袋,眼睛更加美丽,不过不是灰色的,而是又黑又亮的。在这母鹿身旁,有一只幼鹿,鹿茸还没有长成,只有两个细细的尖疙瘩,另外还有一只非常小的鹿,一个小不点儿,但身上布满同大鹿一样的斑点;这只小鹿甩着四只小蹄子,一直走到小溪中。它一步步地向前,从一块小石头走到另一块小石头上,恰好在我和它母亲之间停下来。当母鹿想找小鹿,抬头看的时候,眼光凑巧落到像木偶似的坐在飞沫下面的我身上。它愣住了,呆呆地研究我,琢磨我是石头还是能动的东西。它的嘴是黑色的,就动物来说,这嘴是太小了,但是耳朵非常大,显得那么端正,那么机警,一只耳朵上还有一个孔:看过去是透亮的。其他任何细节我都顾不上,我的注意力全叫那双美丽的又黑又亮的眼睛吸引住了——那不是眼睛,完全像花儿。我立刻明白了,中国人为什么把这种珍贵的鹿叫作花鹿,那是像花一般的鹿的意思。真难以想象,有人看到这样的花儿,竟会用枪瞄准它,射出可怕的子弹,使它得了这透亮的弹孔。我同花鹿对看了多少时间,难以说清,仿佛有老半天工夫。我简直喘不过气来了,愈来愈憋得慌,大概因为这样激动,我眼睛上的反射光点在活动。花鹿看到了,慢慢地抬起很细的、长着小小的尖蹄子的前腿,弯曲起来,突然又使劲伸直,踩了一下。这时那灰眼睛抬起头,也朝我看起来,那神情恰像居高临下想看清楚一件微不足道的讨厌东西。它凭自己的天性是没法觉察人间的丑恶琐事的,但它的目光却保持着鹿王的威严,只是没有像社会地位高的人对小小的求情者那样说:"我很愿意帮你的忙,不过请快一点说清楚是怎么回事。我自己是弄不清的。"正当花鹿踩了一下脚,灰眼睛疑疑惑惑地抬起长着毛茸茸的短鹿茸的端庄脑袋的时候,在稍低的地方有什么东西微微动了一下,原来是一个大脑袋,夹在其他脑袋中间向前移动,接着整个鹿身都露了出来,脊梁上有一条皮带似的显眼的黑色横纹。哪怕隔着老远,也可以看出那黑脊梁来意不善,乌溜溜、阴沉沉的眼睛里透出某种恶意。不仅黑脊梁身边所有的鹿都根据花鹿的信号一动不动地看起我来,而且小溪中的小鹿也模仿大鹿,同样凝立着。它渐渐地倦了,也和所有的鹿一样,自然还苦于虻子咬,而且耐不住寂寞,抬起一条腿来搔痒。这时我也耐不住,微微一笑,花鹿于是就明白过来,坚决地使劲踩一下脚,把一块石头踩翻,噗通掉进水里,溅起一片水花。然后它突然把黑嘴唇稍稍一动,完全像人一样打了一声唿哨,就转身逃跑,同时翻起尾部的白毛,犹如特别宽大的白餐巾,以便让跟它去的鹿可以看清它在灌木丛中往哪儿跑。一岁的小鹿、灰眼睛、黑脊梁,还有其他的鹿,都跟这母鹿匆匆离开。等它们全都走了以后,又有一只漂亮的母鹿径自跳到小溪的中央,停下来,仿佛用那美丽的嘴脸发问:"怎么回事,它们往哪儿跑啊?"猛然间,它朝着相反的方向越过小溪,很快到了狭谷陡坡的中腰,从那上面向我看了看,居高临下又一看,就消失在黑色岩石和蔚蓝天空交接处的后面了。

二

　　卢文为了防可怕的沿海台风，把小房子建在深深的狭谷里，不过如果顺着峡谷的陡坡，爬到一百米以上的高度，就可以看见太平洋。我们的咔哧峡谷，在离我遇鹿没有几步路的地方，通进祖苏河的大河谷里。溪水流到这儿，已经平稳得多了。河谷渐渐变成了盆地。流水一路历尽艰辛，奔流过山沟、河谷，终于平静地扬扬得意地注入了大洋。

　　我来到这儿的第二天，祖苏河的港口就到了一条船，送来了一批移民。当移民们进行安顿的时候，船在这儿停靠了两个星期。就在这两个星期中，发生了我生平最重大的事情，我下面就要来讲述。祖苏河流经的盆地，整片繁花如织锦；每一朵花诉说着自己是那样的纯朴动人，这一点，我到此地以后才有所领会：祖苏河的每朵花都是一个小小的太阳，都是太阳光和大地相会的一段故事。要是我能够像祖苏河的普通花朵那样讲述自己的事，有多好啊！这儿有鸢尾花，从淡蓝色的到黑色的几乎都有，还有各色兰花，红的、黄的、橙黄的百合花，在繁花之间，到处散布着星星点点鲜红的石竹。在这些山谷和盆地的普通而美丽的花朵上，处处蝴蝶翩然，犹如花朵飞舞，有黄色间红、黑斑点的大凤蝶，有土红色、会闪变出虹霓的各种彩色的荨麻蛱蝶，以及奇异的深蓝色大金凤蝶，其中有些蝴蝶——我还是在这儿第一次看到——能落在水面上漂浮，然后再腾起来，在花海上飞舞。蜜蜂和黄蜂在花间忙碌；毛茸茸的，腹部有黑、白、橙黄不同颜色的丸花蜂，在空中来去嗡嗡。有一次，我在看一朵花萼的时候，还发现一种我从来没有见过、至今也叫不出名字来的蜂：既不是丸花蜂，也不是黄蜂，更不是蜜蜂。在花丛间的地面上，麻利的步行虫在跑着，黑色的埋葬虫在爬着，古代残留下来的一种巨大的甲虫隐藏在那儿，准备伺机突然起飞，毫不拐弯地直上天空。在盆地上的这片繁花和热闹生活中,我觉得唯有我不能直接对着太阳看,并像花朵一样讲得那么纯朴。我要讲太阳,须避免同太阳对视。我是人,我的眼睛会被太阳光刺得什么也看不见,我只有对太阳所照耀的万物予以热切的关注,把它们的光芒收集到一起来讲太阳。

我从我们房子上面的高高的岩石上看到了轮船,我想看看那些人。当我向我们的咔哧小溪汇入祖苏河的那个地方走下去的时候,天变得十分炎热,我疲倦了,想休息一会儿。在这小溪和祖苏河会合的地方,河边的葡萄藤把幼小的满洲里核桃树结结实实地缠绕起来,使有些树变成了严严实实、密不透光的深绿色帐幕。我很想钻到一个帐幕里去,如果那儿凉爽舒服,可以坐一坐,歇一会儿。拨开乱糟糟纠结着垂向地面的粗壮的葡萄藤,钻到那里边去,并不容易。但是我拨开藤蔓一看,却发现了一个相当宽敞的干燥空地,我进到这阴凉透骨之处,在一块石头上坐下,把背靠在一棵树的灰色树干上。当然,在帐幕里边,并不像在外边觉得那么密不透光,这儿的绿叶仿佛自己在放光,而且到处都有太阳光反射的光斑。空中万籁俱寂,过了一会儿,我竟发现有动静,不胜惊讶。只见点点光影之间,有一种移动的现象,仿佛有人在外面时而挡住了阳光,时而又移开了。我小心翼翼地拨开葡萄的嫩枝,看见了离我只有几步路的近处,有一只母鹿,身上布满自己的光斑。幸而我在下风头,距离又近,我连鹿的气味都能闻到。但如果风是从我这边向鹿吹去,那会怎么样呢? 我甚至捏着一把汗,怕鹿会听到我无意中发出的什么细小的声音,觉察到有险情。我几乎不敢喘气了,那鹿倒走近前来,像所有极为小心的野兽一样,走一步停一停,把一对长极了的警惕的耳朵,对着它从空气中闻到什么气味的方向竖着。有一度我已经以为什么都完了。它把耳朵直对着我,正好让我发现了它的左耳上有一个弹孔,我喜不自胜地像遇见了朋友一样,认出了它就是那只在溪涧旁边向我跺脚的母鹿。此刻它也和那时一样,在纳闷或者沉思中抬起一只前腿,不动地举着;要是我呼出的气息触动了哪怕一片小小的葡萄叶子,它就会把腿放下来跺一下,然后一溜烟跑得无影无踪。但是我纹丝不动,于是它慢慢地放下腿,向我走了一步,再走一步。我直看着它的眼睛,惊诧于这眼睛的美丽,我一会儿联想到女人脸上的俊眼,一会儿又觉得好像是细茎上的花朵,是祖苏河花野中的意外发现。于是我再度理解了非把它称为花鹿不可的道理,我还兴奋地想到,好几千年以前一个默默无闻的黄脸的诗人,看到了这眼睛,把它理解为花朵,而我这个白脸的人,现在也把它理解为花朵;我之所以兴奋,还因为我不是一家之言,足见世界上有些事是不会有异议的。我也理解了中国人为什么恰恰特意推崇这种鹿的鹿茸,而不是粗野的马鹿或者大角鹿的鹿茸的缘故;诚然,天下有益的甚至可以入药的物品何其多,然而天下少见的是,有益的东西同时又是绝色的。这时只见那花鹿向我的帐幕又走近了几步,突然用后腿立起来,把前腿举得比我的头还高,两只玲珑的小蹄子穿过纠结的葡萄藤向我伸过来。我听见它采撷水灵的葡萄叶吃的声音——葡萄叶是梅花鹿爱吃的食物,就是我们人尝来也是相当可口的。我看到母鹿身上流奶的大乳房,想起了它的小鹿,但是我当然不敢斜过身去从窟窿里东张西望:那小鹿肯定是在附近什么地方的。我是个猎人——也等于是个野兽——所以真忍不住想悄悄地抬起一点身子来,猛不防把鹿蹄子一把抓住。是的,我是强有力的人,我想只要两手使足劲抓住蹄子根,我便会降伏它,用腰带把它捆绑起来。任何猎人都会理解我想抓住鹿,把它据为己有的这种几乎抑制不住的欲望。但是在我的身上还有另外一种人,他没有抓鹿的意思,相反,要是有了美妙的瞬间,他倒想保持这瞬间的纯洁,把它永远铭记在心中。当然,我们都是人,我们大家多多少少都有这种情形:就连最酷爱打猎的人,当中弹的野兽要死的时候,也是难以使软心肠变硬的,而最温柔的诗人,却总想把花朵、鹿、鸟儿据为己有。我自己很清楚我是个猎人,但是我从来没有想过,也从来不知道,我身上有另外一种人,美或者还有别的什么感情会把我这个猎人本身的手脚捆绑起来,就像捆鹿一样。我身上两个人在打架。一个说:"你要是失去这一瞬间,它会一去不复返,你会为此伤一辈子心。快动手吧,抓吧,你会得到一只雌花鹿,动物界最美丽的动物。"另一个声音说:"老老实实地坐着!美妙的瞬间可以保留下来,万不要用手去碰它。"这正好和一个童话里说的一样,当猎人瞄准天鹅的时候,忽然听见天鹅哀求猎人不要打它,等一会儿。后来才明白,原来天鹅是公主的化身,猎人忍住了,没有打死天鹅,在他面前果真出现了一个妩媚的活公主。我也这样和自己作斗争,连大气也不敢出。但是这叫我付出了多大的代价啊,这番自我克制的功夫真要了我的命!我忍着,浑身微微颤抖起来,活像一只见到了猎物的狗。我这兽性的颤抖可能传到了花鹿身上,引起了它的不安。它轻轻地把蹄子从纠结的葡萄藤中抽回,四条细腿都落地,然后特别留心地从黑魆魆的枝叶间直对着我看了一阵,回过身去,就走了,但是走了没几步,又陡然停下,回头看了看,只见小鹿不知从哪儿忽然来到它的身边,于是它又和小鹿一起直愣愣地把我打量了老半天,才消失在绣线菊丛里。

三

　　山区原始森林里的河,到每年春天以及夏秋两季的汛期,总要把许多被风刮倒和大水冲倒的林中巨物——杨树、雪松、千金榆、兴山榆——带到海岸来,而且盖上沙土。这样年复一年,愈积愈多,大海逐渐后退,于是形成了一个海湾。

　　在祖苏河和大海一进一退,使海陆界线变成半圆形以前,时间过去了多少个百年呢? 在轮船的汽笛声终于打破了海边荒野的寂静,使海湾之间一个小小的石头岛上所有的海豹都吓得跳进水中以前,有多少海兽到过这个岛上呢?

　　在海边沙滩上,立着一棵巨树,一半已被沙土埋上了,看上像是石化了的海上大怪兽的背;树梢上有两根突兀的粗枝,满是节子,黑不溜秋的,把蓝空划破,一直破到地平线。在这棵树的一些细枝上,挂着一些白色、圆形、玲珑、状如盒子的东西,这是被台风刮来的海胆的骨头架子。有一个女人背冲我坐着,往小旅行袋里收集大海馈赠的这些礼物。那只美丽动物在葡萄藤缠绕的树旁边给我的强烈印象,此刻大概还在我心头萦回,所以这个陌生女人的身上有什么东西使我觉得好像是花鹿,我相信只要她转过身来,我就会在人脸上看到那双俊眼。我就是现在也不明白这是怎么一回事,因为如果细加端详和描画,两者丝毫也不会相像,但我还是认为只要她转过身来,我面前便一定会出现变成了女人的花鹿。又过了一会儿,仿佛为了回答我的预感似的,讲天鹅公主的童话中的那种变化发生了。她的眼睛和花鹿的是那样的相同,以致其余一切鹿的东西——毛,黑色的嘴唇,机警的耳朵——不知不觉地都显出了人的特征,同时又像鹿一样,保持着真和美的绝妙统一,仿佛上天定下了真和美是不可分的。她警惕地惊看着我,好像就要同鹿一样向我一踩脚,然后跑掉。这时候我真是思绪纷繁,恍惚迷离,仿佛朦朦胧胧中拿定了某些主意,但是我至今也找不到实实在在的准确语言来表达,而且不知道在这里会不会有我获得自由的时刻。是的,我是恨不得想说,当我走出峡谷,来到祖苏河盆地,见到一片花野,无尽的河水流向蓝色的海洋的时候,我的一种特殊的心境,用自由这个词来表达,是最相近的了。

还有最主要的,是两个人相争的事。当花鹿把两只蹄子穿过纠结的葡萄藤向我伸来的时候,一个是猎人,要用有力的双手抓住它的蹄子根,把它据为己有,另一个是我还陌生的人,想把那瞬间永远留在仿佛停止了跳动的心中。所以我现在可以毫不犹豫地说,我正是这样,正是以一个连我自己也还感到陌生的人,又胆怯又欣喜,屏息悬心,走到了她的身旁,而她一下子就理解了我。她也不可能不理解我,不给我以回答。如果这种心境不是一辈子只有一回,而是永远如此,那么我们大家就随时随地都可以让每一朵花儿,每一只天鹅,每一头母鹿变成公主而生存,就像我同我的这位变化成的公主共存于祖苏河的百花盛开的盆地,山野和大小河流的岸边一样。我和她也去过一度是火山的雾山上,现在那儿繁殖出了珍贵的梅花鹿。我们在小土房子里听过我们祖先在地下的谈话。也就在这时,采参人卢文给我们讲了人参能使人永葆青春和美丽的奇妙作用。他甚至给我们看了用人参、鹿茸以及别的某种可入药的小蘑菇配制成的药粉。当我们嘻嘻哈哈地向他要永葆青春和美丽的药粉的时候,他突然生起气来,不再和我们说话。他多半是怨我们嘻嘻哈哈不相信他的话,也可能是因为他深信为了能找到人参,必须诚心诚意,所以要向我们暗示:我们也应该像他这个采参人一样,想一想自己是不是诚心诚意。此外也可能是卢文在我们的幸福气氛中多多少少看到了使他眩目的有如闪电的光芒。在我身上依然有两个人,就像对待美丽的花鹿时的那两个人一样:一个是猎人,另一个是我还感到陌生的人。当我们走进我的葡萄帐幕守候花鹿的时候,我犯了一个错误——说得准确一点,犯错误的不是整个的我,而是作为猎人的我。她一气之下,改变了对我的态度:看来是一次突发的闪电,破坏了我们之间的友好关系。但是我重新鼓起劲来,摆出了我平常那种可以征服一切的优越感。我们正坐在葡萄帐幕里，忽然从小窗口看见体态绰约、美色尽露的花鹿，它同小鹿一起穿过了林中空地，到离我们极近的地方吃了一会儿葡萄叶子，然后走进长满绣线菊和崖柏的灌木丛，不见了。我仍怀着优越感向她讲述我曾经见到花鹿的情形，讲到花鹿如何用两条后腿立起来，把小蹄子伸进了纠结的葡萄藤，我如何浑身微微地颤抖，百般忍住想把它的蹄子抓住的心情，而另一个连我自己也陌生的人，帮我留住了这个美妙的瞬间，接着，仿佛为此而奖赏我，那花鹿变成了一个公主……

　　我讲这个故事，是想对她表示，我是能够保持优越感的，相形之下，我的错误只不过是偶一犯之，不会重演的。我说话的时候，眼睛没有看她，而是看着我们周围的绿色的空间。我想避开她的目光，向她讲出我心中这个最隐秘的想法。当我认为我已经达到目的，终于可以对她正视，终于可以看到那……我以为会遇见蔚蓝色的光芒，可是完全出乎意外，令人摸不着头脑——我没有遇见蔚蓝色的光芒，却遇到了一团火。她脸上升起火一样的红晕，眼睛半开半闭，向草地低下头去。在这一瞬间，传来了轮船的汽笛声，她不可能听不见，但她不去听它。我同遇到母鹿时完全一样，愣住了；后来我也像她那样，浑身是火，以至我的金属都烧白了，而我仍一动也不动地坐着。轮船的第二声汽笛响起来时，她站了起来，理了理头发，不看我一眼，走了出去……

四

当你伫立岸上的时候,大海的喧哗凭什么使你得到慰藉呢?波浪拍岸的有节奏的声音,述说着地球这个行星的生活中的大运行期的进展,拍岸的波浪就好比是这个行星本身的钟表,当这个大运行期同你在岸边散乱的贝壳、海星和海胆之间匆匆度过的生活中的短暂时刻相遇的时候,你便会在飘然意远中思索起天地间的整个生活,你个人的小小哀痛也就会消逝,感到它隐隐地远去……

紧靠海边的水中有一块石头,样子像一颗黑色的心。可能是一次极大的台风把它从峭壁上刮下来,置于水下另一块岩礁之上,却又似乎没有置稳妥:如果你紧紧地伏在这块石头上,并且敛声屏气,就仿佛随着波浪的拍击,你会微微地晃动。不过我也说不准是不是果真如此。也许那不是因为海水和石头,而是因为我自己的心跳,我才微微地晃动。我孤单一人,感到不好受,真想有人做伴,以至于竟把这块石头当作了人,同它就像同人在一起一样。

这石头之心上面是黑的,近水的一半是浓绿的,那是因为涨潮时石头全部浸入水中,绿色的水草得以稍为生存,而潮退以后,水草就无可奈何地垂挂着等待潮水的再来。我爬到这块石头上,从这儿一直目送着轮船从视野里消失。然后我躺在石头上,久久地听着:这石头之心也有它的跳动之声,通过这颗心,周围的一切都渐渐地同我沟通起来,我觉得一切都好像是我的,好像是活的了。从书本里一点一点学来的关于自然界生活的知识,本来都是彼此孤立的,人就是人,动物不过就是动物,还有植物,还有死的石头,从书本里学来的这一切,原不是自己的,仿佛都已熔化了,此刻一切在我却都好像是自己的了,而且天下万物都好像是人了:无论是石头,水草和拍岸的波浪,也无论是完全像渔人们捕鱼以后晒渔网一样在石头上晒翅膀的鸬鹚。拍岸的波浪使我心境平静,使我昏昏欲睡,当石头被一道水与海岸隔开时,我从朦胧中醒过来;石头的一半淹在水中,周围的水草微微漂动,有如活的一般;沙嘴上的鸬鹚此刻已被水浪打着了,还蹲在那儿晒太阳,冷不防一片水浪泼了它们一身,甚至有席卷而去之势,但是它们重新蹲好,把翅膀张得像硬币上的鹰似的,重新晒起太阳来。这时一个仿佛十分重大而又必须解决的问题,使我陷入了沉思:鸬鹚为什么非得守在这个沙嘴上,而不愿飞到稍微高一些的地方去晒翅膀呢?

第二天,我又来到这儿听波浪拍岸的声音,朝着轮船远去的方向看了老半天,后来我清醒时,发现自己笼罩在雾中,隐隐见到新来的人们在岸上蠕动。我想,不管问哪一个人,都会把我当作流浪汉,一个无家可归的人的,而且为了防我,会把斧头和铲子藏起来。他们可真是看错人了!我当过流浪汉,但如今我已是深受创伤,万种痛苦已使我觉得到处都一样:大地上的一切生物对我说来都是相同的,如今我再没有什么可寻觅,外界和我内心的任何变化都不会带来丝毫新东西了。我想,仅仅是出生的地方,还不算是整个的故乡,在出生地再加上自己的什么东西,那才是故乡。

海上的暑气上升,到了山脊变冷,再化为霏霏如雨的白雾降落下来。但是我仿佛觉得那是些白衣白裤的彪形射击手,飘飘荡荡地从天而降,他们不是用子弹一下子把我了结,而是用细小的霰弹打我,使我遍体鳞伤,痛苦万状,却又神志尚存,使我从这非受不可的痛苦中去理解一切。不!现在我再不是流浪汉,我很理解鸬鹚为什么在这沙嘴上晒不好翅膀,却仍然不愿意飞到另外稍高的山岩上去:它们不得不在这里捉鱼吃,所以才流连不去。它们想:飞到稍高一点容易晒干的地方去,那就会把鱼错过了。不,我们还是留在这沙嘴上吧。它们就这样过着艰难的日子,把海边沙嘴作为落脚的地方。我还觉得,这石头之心躺在这儿,在波浪的拍击下微微摇动,大概会躺上一百年,而且还不止,会躺上一千年,不住地摇动;我比起它来既然丝毫没有特别的优胜之点,我又为什么要改变地方去寻求安慰呢?没有安慰可寻啊!

当我鼓足勇气,斩钉截铁地告诉自己,没有安慰可寻,而指望外界某种变化会带来什么美事,那也不会有第二次,不会再有诱惑力,这时候,我的痛苦便立刻减轻了,而且可以轻松一些时日。于是我想起了卢文,走到他的小房子里去,就像回老家一样。

今晚峡谷深处又闷又潮,把所有会飞的昆虫都唤了起来,成千上万的昆虫在交配飞行中点起了它们的夜明灯, 灯光仿佛是从看不见的月亮那儿借来的。我坐在小房子檐下,定睛注视着某只萤火虫飞行路线的起点和终点。每只萤火虫的发光时间都是很短的,一秒钟,或许两秒钟,便黑了,但立即另一只萤火虫又开始发亮了。是不是萤火虫也要休息一会,再飞出它发亮的线路,或者一只萤火虫的线路中断了,另一只跟着飞下去,就像我们人间一样呢?

“卢文,”我问道,“这些事,你的是怎么明白的呢? ”

卢文突然回答道:

“我的现在的明白,同你的一样。”

这话怎么讲呢?

这时候,高一阵低一阵老在谈话的地底下,突然出了什么事,轰的响了一声。卢文侧耳细听,脸色非常严肃起来。

“也许,”我说,“那儿有块石头掉下去了? ”

他没有听懂我的话。我用双手在空中画了一个圆圈,做出地洞的样子,示意石头怎样掉到水里,妨害了小溪的流动。卢文完全同意我的看法,又重复说:

“我的现在的明白,同你的一样。”

他是第二回说这句话了,我仍然没有想透他说的话是什么意思。蓦地莱巴夹着尾巴,窜进小房子的深处,想必是外面附近什么地方有老虎走过,也许正卧伏在乱石间,想捉莱巴。为了防御,我们生起了一堆火,却又一下子招来了无数夜蛾;在这又潮又闷的夜里,夜蛾多极了,分明能听见它们翅膀的窸窣声。我从来没有听说过:有这么多的蛾子,在夜间飞行中,能让人听见窸窣之声。假如我像不久以前那样是个单纯的健康的人,我就不会像现在这样赋予这窸窣声以如此特殊的意义,叫它是生活的窸窣声!然而现在这一切不知为什么却深深地触动了我。我凝神谛听,圆睁着双眼,惊讶已极,问卢文对此怎么理解,他第三回意味深长地说:

"我的现在的明白,同你的一样。"

这时我定睛看了看卢文,终于突然了解他了:他所感兴趣的不是飞来飞去的萤火虫的生活,不是地下的崩塌,不是无数蛾子的生活的窸窣声,而是我本人。对于一切活的东西,他本来早就在关心了,而且生活在其中,当然他有他的一番理解,但是他现在要紧的是想从我对于眼下景象的关切中,来了解我自己。再说,他当然也很清楚,轮船把什么人从我身边带走了。这时他拿来一张獾皮,这是他寻找人参时的忠实伴侣,然后和我一起坐在房檐下,裹上皮子,活像一只狗。他睡觉的时候,别人总是可以和他整夜说话,他在睡梦中可以回答有理性的问题,就好像一个睡着了的人口齿不清地在嘟哝一样。

时隔多年,如今我已经饱经风霜,我才以为,使我们能够理解整个生活中的亲近厚密的,并非像我在那个夜里所理解的那样是痛苦,而毕竟是欢乐;痛苦如同犁一样,不过掀起一层土,为新的生命力提供可能性而已。然而却有许多天真汉,认为我们能理解别人生活中同我们的亲近厚密,竟是痛苦所致。当年我也觉得,仿佛我是凭了自己的痛苦,才骤然理解了一切的。然而这不是痛苦,而是生活的欢乐从我内心深处迸发出来。

"卢文,"我问道,"你以前有过女人吗?"

"我的不明白。"卢文回答道。

"一个太阳,"我说着,做了一个否定的手势,意思是说,一昼夜过去了,就是昨天。我再用两个手指头表示我们昨天是两个人。然后才伸出一个手指头,指着自己。

"我今天是一个人。"

"女人在那儿哩!"

"太太!"卢文高兴地喊道。

他明白了:我的女人在他是"太太"的意思。于是做出横倒脑袋、紧闭眼睛的模样。

"睡啦睡啦,太太!"

意思是说,他的太太早死了。

"她是你的妻子吗?"

他又不明白了,我只得又给他比划:两个大人睡在一起,生出小孩来。

卢文明白了,脸上闪出笑容:"老太太"在他是妻子的意思,而太太是未婚妻的意思。他比划着一个只有一半身量的人,另一个更小一点,第三个还要小一点,还有第四个,第五个,还有一个极小的拴在背后面,而且肚子里还有……

"多极了,多极了,靠两只手干吧!"

那个老太太是他哥哥的妻子,哥哥自己"睡啦睡啦",他自己的太太也"睡啦睡啦",他的老太太也"睡啦睡啦",他的孩子们也"睡啦睡啦",而卢文自己在为哥哥的老太太干活,把钱寄到上海去。

我们的长夜在继续着。我在朦胧中嘟哝:

"睡啦睡啦,太太!"

卢文回答道:

"平平安安,太太!"

也许我听到这句话,心里感到舒服,于是再次引他开口,并且如愿得到了回答:

"平平安安,太太!"

看来老虎并没有在我们附近逗留,向前走去了。过了不大一会儿,莱巴从小房子里走出来,蜷伏在卢文身边。火堆当然灭了。翅膀的窸窣声也静息了。但是那无数借用月光的夜明灯,仍在交配的飞行中把黑夜划破,直到清晨才消失。植物以宽大的叶子从潮润的空气中吸收的水分,这时突然霏霏如雨一般洒落下来……

看这块岩石,从无数的缝隙里像泪囊里似地流出水来,不断形成大颗大颗的水滴,仿佛这岩石永远在哭泣。我分明知道这不是人,而是石头,石头是没有感情的,然而我是这样一个人,我有一腔热血,只要亲眼见到石头像人一样哭泣,我也不能不同情。我又躺在岩石上,我自己的心在跳动,却觉得是岩石在心跳。别说吧,别说吧,我自己知道,这不过是岩石而已!然而我实在渴望有人做伴,我了解这岩石就像知己一样,而且世界上也只有它才知道,我同它心心相通,我有多少回呼唤:"猎人啊猎人,你为什么放走它,不把它的蹄子抓住呢?"

五

　　我那时候是多么天真单纯啊！我当时相信，只要像抓鹿一样把未婚妻抓住，就万事大吉了，生命之根的问题也解决了。我的孩子们，亲爱的小伙子和姑娘们，我那时候也同你们一样，因为年轻，太看重你们所说的没有玫瑰花和稠李花的爱情了。不错，我们的生命之根当然是在泥土之中，从这方面说来，我们的爱情也跟动物的一样，但是不能因此把自己的花和枝也埋进土中，而把本来隐蔽的根暴露出来，使人的生命的基础失去覆盖。遗憾的是，这一番道理往往要到危险过去以后才能明白，而新的孩子们却又极少相信大人们的经验，在这方面宁可做一个无人照管的野孩子。但是我是幸运的，我的身边曾经有卢文，这个最温和、最能关心人的人，我还敢说，他是世上少见的最有文化的父辈。是的，在那荒僻地方，我永远深信：使用香皂和小刷子，那只有少得可怜的文化，而文化的本质是在于能不能促成人与人之间的理解和联系。我渐渐地明白了，卢文的最主要的事是行医——从医学角度看来究竟怎样，这不是我所能判断的，但是我亲眼看到，所有的人离开他那儿时，都是笑容满面的，许多人后来再来，都只是为了道谢。从原始森林各个角落来找他的，有蛮子、中国猎人、捕兽人、采参人、红胡子、各种土著、果尔特人、奥罗奇人、带着女人和满身结痂的孩子的基立亚克人、俄国流浪汉、苦役犯、移民。卢文在原始森林中结交很广，而且似乎他认为金钱是居人参和鹿茸之后最好的良药了。这种药他也从来不短缺：他只要通知一下他的随便哪个人，药便来了。有一年夏天祖苏河发大水，把地里庄稼冲洗一空，新来的住户们无以为生。那时卢文通知了他的朋友们，才使俄罗斯人得到中国人的帮助，不至于饿死。于是我从这儿终于懂得了，文化不在西服衬衣的袖口和袖扣上，而在所有人之间的亲密关系上，这种关系甚至把金钱变为"良药"；这一番不是从书本上，而是从实地学来的道理，我将永生牢记不忘。最初听卢文说金钱是良药时，我觉得有点儿好笑，但是我们在荒无人烟地方的生活条件本身，使我也懂得了金钱的确是良药。除了人参、鹿茸、金钱以外，他的药还有斑羚血、麝香、马鹿尾、鸥鸮脑、地上和树上各种各样的蘑菇、各种不同的草和根，其中许多和我们那里的一样，如母菊、薄荷、缬草。有一回我看着正在专心致志辨别草的老人的脸，决定问他：

"卢文，你的什么的都懂。告诉我吧，我是有病还是没病？"

"不管是什么的人，"卢文回答道，"又是没病，又是有病。"

"我该吃什么药呢？"我问道。"吃鹿茸？"

他笑了半天，因为他给人吃鹿茸，是为了人在元气损伤时恢复性欲的。

"也许，"我又问，"人参对我有用？"

卢文不笑了，把我打量了半天，这一回他什么也没有说，但是第二天这样预测说：

"你的人参长呀长呀，我的很快给你看。"

卢文是决不说空话的，所以我盼望着有机会能亲眼看到真正长在原始森林里的人参，而不仅仅是它的粉末。有一次深夜，莱巴一边叫一边跑到峡谷的深处去。卢文随着走出小房子，我带着枪也跟了出去。

卢文和莱巴从黑暗中回来时说：

"不用枪，是我们自己人。"

一会儿就来了六个全身武装的中国人，那是漂亮的长鹰钩鼻的满族人，带着枪和大刀。

"是我们自己人！"卢文又对我说了一遍，并且一边指指我，一边用中国话对他们也说了句话，大概也是"是我们自己人"。

满族人亲切地向我鞠躬，他们个子很高，弯着身子一个跟一个走进我们小小的住处。他们围坐在一起，把什么东西放在地上，忙了一会儿以后，所有的人都突然专心看起来。

"卢文，"我悄声说道，"我也可以看看吗？"

卢文又用中国话说了一句"是我们自己人",满族人都十分尊敬地向我转过脸来,让出地方,请我也坐下,像他们一样看什么东西。

就在这时,我才初次见到了人参这个生命之根,它是如此贵重和稀有,要用六个全副武装的棒小伙子来护送。黑地上摆着一个用雪松树皮做的小箱子,里边有一支不大的黄颜色根,模样就像我们的那种香菜根。让我挤进去以后,所有的中国人重又不声不响地细看起来,我也看着,惊奇地发现这支根有人的形状:那身体上分明长着腿,也有手和脖子,脖子上有脑袋,脑袋上甚至有辫子,手、脚上的根须就像细长的指头。但是吸引我注意的倒不是根的模样同人体的形状那么相似——植物的根任意盘错起来,什么奇特的形状都会有,是不足为奇的!吸引我去细看这根的,是这七个聚精会神细看生命之根的人在我心中默默产生的影响。这七个活着的人,是几千年来入土的千百万人中的遗留者,那千百万人也像这最后七个活着的人一样,都是相信生命之根的,许多人说不定也曾如此虔敬地看过它,许多人喝过它。我经不住他们那种虔信的感化力,正如我曾伫立海边,整个身心听任行星的某种大运行期摆布似的,此刻这些人的生活片断对我说来也好像是滚滚波浪,像涌向海岸似地全都向我这个活着的人涌来,而且仿佛请求我不要凭本人去理解根的药力,因为我本人不久也将会受到海水的冲洗,而要根据行星的、也许比行星的存在还要久的时间的运行期去理解。后来,我从学术著作中看到,人参是从五加科残留下来的,大地第三纪时它周围的动植物群现在都变得无法辨认了。也是常有的事,这些知识没有把卢文他们的虔信态度在我心中引起的激动平息下来:我如今即使有了这些知识,那小小的植物的命运依然令我激动,它的环境从几万年来历经变化,从晒得灼热的沙土变为皑皑的白雪,直至有了针叶树的荫庇,狗熊在其间出没……

满族人看了好长时间以后,突然一下子七嘴八舌争论起来。据我揣度,他们争论的是这支根在构造上的各个微小的部分,也许是有一支根须较适合于雄根,可以使它生色,而不适合于雌根,干脆小心地把它去掉为好。诸如此类的问题多得不得了,一个接一个骤然提出来,打破成熟的见解,又发生了激烈的争论。但是任何冲突意见，最后都是被卢文笑吟吟地予以解决，大家也必定都同意他的话。卢文这会儿不再发急，而是安安稳稳，像任何精通自己那一门学问的权威一样主宰一切。大家都绝对听从卢文的判断。等大家的激越心情完全平息下去，开始心平气和地讨论的时候，我终于开口问卢文，他们现在谈什么。

"好多好多药。"卢文回答说。

意思是说，现在谈的是钱，是这样极稀有的宝物能够值多少钱。卢文说，有个可怜的采参人找到了这支根，被打死了，宝物到了骗子手里，一个商人，直接从中国来到当地，给了好些药，雇了这些人来运根。但是，商人当然还是给得很少的，这支根值多少钱，是没有底的：每个商人都会抢着买，多给一点钱，但要价也要得越来越高，因为每个商人都是骗子。

"到头来怎么样呢？"我问。

"没个完，"卢文回答说，"这样的根就走吧走吧。这样的根有好多好多药。小的人，找到了它，就睡啦睡啦，大的人呢，走吧走吧。"

满族人把贵重的"走吧"根托给卢文保管以后，在冰凉的石头上躺了下去，大概还在天亮以前就离开了。

六

一种奇怪的呼呼声把我惊醒了,很像是电线杆在坏天气发出的声音。但是在这沿海的原始森林里,哪会有什么电线杆呢? 我张开眼睛,看见了卢文。他也在听。

"去吧,去吧!"他说。"你的人参长呀长呀,我的很快给你看。"

他像其他中国采参人一样,穿着一身蓝衣服,前面系一条油布做的围裙,是防露水用的,后面挂一张獾皮,是为了在潮湿的日子里可以坐下来歇一歇,头上戴着桦树皮做的尖顶小帽,手里拿着索拨棍,用来拨拉脚下的落叶和草,腰上插一把刀和一根挖参用的鹿骨签子,还拴着一个装有燧石和火镰的小口袋。看到蓝布衣裳的颜色,使我想起了另一些可怕的人,他们用枪打蓝衣蓝裤的中国采参人,叫作打野鸡,而打白衣白裤的朝鲜人,叫作打白天鹅。

"这是什么,卢文? "我指着传来像电线杆在坏天气发出的呼呼声的方向,问道。

"打仗! "卢文毫不犹豫地回答说。

我们用燧石打出火来。我爬到棚梁上,在那儿的一堆废物中发现了打仗的原因:有一只极大的天蛾被绊在那儿,频频地扑扇着翅膀,发出像电线杆似的呼呼声。我把这个现象指给中国人看,但他毫不理会已发现的原因,仍说着:

"听到这种呼呼声,会打仗了,要打仗了。"

迷信,产生于遥远时代、也许一度很活跃的信仰所遗留下来的凝固了的残迹,在我的心目中,虽也会贬低人的形象,却同另一些人由于根深蒂固地爱好各种小市民的东西的陋习而受我贬低,是相差无几的:一个人对于某种发蜡或写字纸的规格存有迷信和习惯，也还可以是个有生气、有文化的人。然而这一回，卢文的迷信却刺痛了我。我心想："打仗不打仗，报纸上的报道，在我们这偏僻地方是新来住户带来的消息，难道不比我们根据自然界某些征兆所作的猜测，要正确几千倍吗？天蛾的翅膀在夜间的篝火旁所发出的生活的窸窣声本身，对于大地上无限生机的透露，难道比迷信的想象还要少吗？"我一边比较深入地琢磨着我这一回特别憎恶迷信的原因，一边却领悟到，在千百万人中已经流传数千年的生命之根的神话，已使我深深地着迷了，要我再亲自去检验这个神话，不禁有点儿害怕了，尽管我检验任何别的神话都是并不害怕的。

这种害怕心理，现在由于稍稍接触到迷信，变成激愤了。

天还黑咕隆咚的时候，我们就出了小房子，顺着峡谷向海边走去。即使天亮了，因为这儿夏季里几乎天天都有浓雾，我们也什么都看不清。唯一的光亮，只在眼皮子底下，那是飞来飞去的萤火虫的小灯儿。这当儿，遗传的迷信思想不觉冒了出来：我眼睛看着萤火虫，心里却想起了无数牺牲疆场的人。我想到他们在痛苦中死亡，不知去向何方。"这流萤是不是就是他们呢？"我像野人似地问自己。我一边想着他们当中的某些人，一边发现了我在心中留下的痛苦，正是由于同情他们而得来的痛苦，结果是，他们走了，化成了流萤，而我却留下了他们的痛苦，我现在的某些无意识的所作所为，也许正是受着我在战争中失去朋友时所留下的这种痛苦的影响。不过卢文的心地十分善良，他在看到流萤时，仿佛不是偶有所感，而是一下子就心领神会，他理解了这全部的痛苦，把自己对于美好生活的信念同人参的生命力联系在一起，把帮助病人作为己任。

于是，我一边看着流萤，一边凭着自己的心意尽力把生命之根的神话同迷信区分清楚，这种迷信从遥远的过去残留在我们身上，已经僵死并在今天的生活中往往有害。流萤不知怎的忽然不见了，但是看起来，它们飞走以后留下了均匀的光亮，地下各种东西凭着这亮光向我们显露了出来，不像晴朗日子的黎明时那样，那时先见到的是天空，过了好久才能见到天光所照亮的地面上的东西。我们正在紧靠海边的山上，晓雾中的峭壁犹如一个个黑魆魆的身影。我定睛细看，分明看到花鹿正在变为女人，回头见卢文也似乎想到什么隐秘的事。但是我们两人都心照不宣，互不妨碍，默默地走着。黎明时分的轻寒，使身上颇有些缩栗，因为自己的身体和外界万物共同感受着晓寒，我似乎觉得整个大自然此时此刻脱去了衣衫，正在洗脸。我看卢文也好像要说这个意思：他忽然把我止住，比划着手拿，像是洗脸的样子，然后摊开两手，表示"到处是，到处是！"的意思，并且说：

"好，好，真好！"

不一会儿就明白，他这句话原来是说的天气：在太平洋的沿海地区，浓雾尽管密布，却经常倏忽不见，空气即使充满水气，也会顿然上下莹澈。我们在高高的海岸上，在小径上，在浓密的灌木丛中迎日出，那灌木丛中有时会飞出美丽的、脖子上有白圈的蒙古野鸡，它们在飞行中有时不知为什么会回头朝我们看看，用它们的语言说着：咽——咽——咽……不久我明白了这些灌木丛为什么长得这么矮，这么浓密。那是大海和台风把岩石冲击了千百年，才终于育出了生命：在石缝里长出了各种花草，后来又长出了小柞树。大海就是这样育出生命来的，但是最初的时候，那花木的成长可真不容易！离海稍近的那些小柞树，连把头稍稍抬起一点都不敢——它们匍匐着成长，细细的树干从海边爬开去，模样煞像掭得光光的头发。不过我们离海边越远，见到的小柞树就长得越高，尽管也只能长到有限的高度，凡是超过一人高的部分，都干枯了，下面却枝繁叶茂，密密匝匝，野鸡为了护养雏儿，小心防备各种猛禽的侵犯，这倒是个极合适的处所。

我们离开海边进入原始森林深处的时候，并没有一下子就和大海分离：我们时而下坡，时而又登高，一会儿不见太阳，一会儿又见到了，仿佛迎来了新的日出；还有，那一条被几处海湾所切断的海岸上，层峦叠嶂，一些小海峡旁边，也石壁耸峭，犹如立起了一个个挡太阳的屏障，因此每次迎来新的日出时，我们都能见到一批又一批新的景物。在可以了望远处海洋的最后一座岩石上，长着神采横逸的松树，像是日本的雨伞和地中海的笠松。它们有如透花的织品,似乎在一处无论重重叠叠有多少,反正大海都能透过它们显露出来。我们在最后那座岩石上,隔着笠松,用肉眼就能看清大海中许多海兽的脑袋。

当我们和大海完全分离,到了原始森林中的一个深山谷里的时候,在最幽暗之处还满可以看见蚂蚁搬东西过小径的情景。这小径已没有任何植物,原是马鹿、普通鹿、斑羚和山羊踩出来的,后来人用上了。我们从小径拐到深深的峡谷里,那里有一支无名泉水,经常消失在乱石堆里,只有从地下发出的潺潺之声,才让人知道它的存在。在这满是石头的地方,小径依稀可辨地来来回回穿过小溪,看来此径是不大可靠的,我们只好将它抛弃,从一个水潭走向另一个水潭,常常得从石头上跳来跳去。卢文不时叫我看做在树上的标记,要我记住:一会儿是黄伯栗树皮上的刀痕,一会儿是带刺的椴木上一根折弯的树枝,一会儿是杨树树穴中塞着的一小块苔藓。这些标记全不是为哪一个偶然路过的旅行者、捕兽者、猎人以及任何在原始森林中谋生的人做的,而是给其他采参人的信号,告诉他们这一路已经找过了,用不着再费工夫。但是这条路也通向我本人的生命之根,所以卢文把标记指给我看,使我这个缺乏归根经验的人,今后没有他的指点也能自己找到。

"要是台风吹跑树孔里的苔藓,或者春水冲走有标记的黄伯栗,或者陡坡崩塌,碎石把我们的路全堵上,那怎么办呢?"我问道。

"头脑里要诚心诚意。"卢文回答说。

我琢磨他是说的要机敏的意思,所以就向他指指峡谷的陡坡,树木和草地,意思是说一旦什么都倒塌堵塞,任凭如何机敏都无济于事了。

"头脑完了,完了!"我说。

"用不着头脑,"卢文回答说,"头脑完了,头脑就是在这儿的。"

他指了指心,可以明白他的意思是:在寻找生命之根的路上,要诚心诚意,决不能回头去看刚才翻乱和踩坏了的地方。做到了诚心诚意,任何倒塌也不会把路破坏了。

峡谷的坡面渐渐低下来,我们走近了一片不大的洼地,那儿有个小沼泽,里面流出一条小河;峭壁对峙中的深深的峡谷,就是这条小河所造成的。从通向宽阔谷地上的山口开始,长着苍劲多姿的雪松,一棵棵稀稀落落,树下灌木丛又极低,所以从那些树干之间可以看到底下很远的地方;凭着那儿日光反射的光点,还有影影绰绰闪动的东西和鸟翅的掠影,可以想见这个歌谷里的生活丰富非凡:有数不尽各种各样的小鸟在万绿丛中欢唱;有至少三百年以上的杨树,一些树长得密不透光,树身佝偻,满是疙瘩,甚至有树穴,冬天经常有狗熊呆在穴里;那儿还有合抱不交的椴树,高耸入云的兴山榆和黄伯栗。

歌谷里大树参天,可又稀稀落落,使树下灌木丛的丰富生活能照到足够的阳光,风景好不美艳,为确实能找到人参所必需的一种至诚心理,不禁油然而生。我们继续前行,不久从歌谷的西北方穿了出去,只见眼前突然出现了古河床的土阶,它慢慢低下去,通到另一个山谷,那儿长着另一些植物:黑杨的粗壮的树干之间杂有黑桦,云杉,冷杉,千金榆,小叶槭树,这些树上都缠满了北五味子和葡萄的藤蔓。再往前走,穿过这片密林,有一条不知名的小河,那河岸上的植物又变了,长着阔叶的核桃树,其间只是偶尔有几棵雪松;稀稀落落的大树下长满了繁密的鼠李,接骨木,稠李,野苹果,而在它们的阴影下,茂盛喜阴的野草之间,便是该寻找生命之根人参的地方了。

我和卢文在这儿停下休息,半天没有说话。在我们长时间沉默的时候,在一片宁静之中,有什么情况呢? 多得不可胜数、闻所未闻、难以想象的数量的螽斯、蟋蟀以及其他乐师一直在演奏,形成这一片宁静;如果你在内心找到了平衡,可以悠然遐想,你就会全然听不见它们的乐声。也许,这无数的乐师正是用它们的音乐,来使你也以你的本事去参加演奏,不再发觉它们,因此就有了一种真正的、不平常的、充满生机的、创造性的宁静。这儿什么地方还有一条小溪在奔流,似乎也是默默无声的;但是如果你无意间回忆起一件往事,悠然遐想起来,思路却又骤然中断,或者心想对某个亲近的人说句知心话而无以实现,心急火燎,竟至按捺不住呻吟之声,那么,从那条想必是奔流在乱石之间的小溪里,便突然会迅速地发出"说吧,说吧,说吧"的语声。那时候，千百万的、难以计数的、听不见的乐师们，便也突然会同小溪一致地奏出"说吧，说吧，说吧！"的声音。

卢文跟我说起了一种守护人参的鸟。我猜想卢文说的是栖息在这个地区的三种杜鹃中的一种：似乎这种不大的黑色的杜鹃鸟是守护人参的，只有亲眼见到了人参，并且来得及在这一瞬间把索拨棍插进人参旁边土里的人，才能看到这种杜鹃。采参人好像常有这样的情形：刚发现了宝物，却又不见了，转瞬间人参变成了另外一种植物或动物。但是如果你发现它以后，来得及插上索拨棍，它就再也无法从你眼下逃走了。不过我们现在用不着担心，因为那一棵人参二十年前已经发现了，那时它还很小，被留下再长十年。不幸的是，马鹿走过那地方时，踩到人参的根头上，因此它萎蔫了。不久前它重新开始生长，再过十五年左右便能长成。

"你现在跑吧，跑吧，"卢文说，"到时候你就明白了。"

我们沉默了一会儿。在这沉默中，我尽力想象着十五年后我会怎么样，脑中浮现出未来的见面情形。过了整整十五年的别离日子以后，我们彼此好不容易、不无心悸地认了出来，呆呆站着，相视惘然，彼此什么话也说不出来。

哦！真是痛苦啊！但是只要发出"哦！"的一声，小溪里就会突然喊道："说吧，说吧，说吧！"

紧跟着，歌谷里的所有乐师和所有生物也都演奏起来，歌唱起来，那一片充满生机的宁静也突然开了腔：

"说吧，说吧，说吧！"

"十五年以后，"卢文说，"你是年轻的人，你的太太也年轻。"

说过这句话后，我们站起来，顺着一棵斜长在小河上的野苹果树的树干，走到了对岸，在那里卢文很快就在杂草中跪下，合起双手，半天不动。我也心动神移，不由得在他身旁跪下，恍惚跪在一种创造力的源泉的边上。我的思绪是完全清楚的，它合着心的跳动起伏着，而心又是合着宁静的整个音乐跳动着。但是不一会儿，会期自然来到：卢文拨开杂草，我就看见了……一棵不高的细枝上,长着几片叶子,像是伸着五个指头的人掌。对于这种娇嫩的植物,有危险的不仅是长着粗蹄子的马鹿,而且甚至还有蚂蚁,假使它不定有什么需要,会在短时间内使这个生命再停止许多年。十五年间,有多少意外的事情威胁着这棵植物和我的生命啊!

　　告别时,卢文把雪松树干上的刀痕指给我看;从这棵雪松到人参有半米来远,从另一边的黄伯栗树算来也有半米,第三边有一棵砍了记号的柞树,第四边是洋槐。

七

有一回,我到原始森林里去碰碰运气,试着打鹿取茸。那是打公梅花鹿,要趁它们的角——鹿茸——充满血,已经长得足够长,但还没有骨化的时候打。这一项打猎的收获是非常大的,有的鹿茸价值一千多日元。在猎人们开始猎取鹿茸的时候,母鹿已经领着小鹿在山坡上玩,公鹿却很少露面,老待在北坡,藏在灌木丛中,经常长时间地凝立着,也许是怕它的鹿茸碰到什么东西,因为鹿茸对于任何碰触都是很敏感的。我这次去的那座雾山,几乎全部是光秃的,只有它的峰顶黑森森的,罩着迷雾。这座山三面环海,极像熄灭了的火山,而且像是才熄灭不很久,因为我在海湾的岸上不止一次地发现有浮石。不消说,这座山受到海水的强烈冲刷,山脚周围有一道道深山沟和峡谷。在这些山沟里当然隐藏有野兽,还有古代遗留下来的植物,对于猎人说来是很有价值的。所有山沟在山上都几乎汇合到一个点上,因此整座山就成了这些富有野兽和植物的山沟的枢纽。此刻我正在海岸上向西南方走去,雾山的三条最美丽的山沟——蓝沟、禁沟和雪豹沟——也正通向那个方向。在每一条山沟的深处,都有奔流的小溪,整条山沟都是小溪冲刷出来的;靠近小溪的沟坡上,除了南来的海风以外其他风吹不到的地方,保留着古代的残余植物;而在上面,山沟的边缘上,长着苍劲多姿的松树,兴奋地同台风嬉戏着。我从海岸上顺着蓝沟的左侧爬到雾山的顶上,在山岭上像老虎和雪豹①一样悄悄地走着,为的是可以鸟瞰山两边的一切。在蓝沟、禁沟里我都见到了鹿,不过都是带着小鹿的母鹿,三三两两的;有时其中有一岁的小公鹿,长着细细的犄角。突然,在我后来叫作雪豹沟的深处,传来了叫唤、呻吟和打响

---

①在远东不知为什么用完全另外一种动物——雪豹——的名字来称呼豹。——作者

鼻的声音。我从山岭上迅速地踏着乱石向那边跑去，尽力不带动脚下的石头免得它滚下，一口气跑到灌木丛中，隐蔽起来侦察，很快地发现在我前面的山沟那一边，一丛灌木的后面，有一只黄毛兽。它觉察到了我，不乐意地懒洋洋地往上一溜小跑，时而消失在矮矮的柞树丛中，时而又出现。我期待着它全身暴露在乱石滩上，不想它到了那儿以后，却凭了猫属猛兽的本事，俯伏了下去，从石头之间只露出两只眼睛来。在这样的距离之内，这目标便被准星挡上了，无法击中。于是我又赶到山沟的对面，看一看那黄毛兽到底遇上了什么猎物。为了不致迷失方向，我认定一棵特殊形状的伞形松作为路标。正好在这棵树底下，有一块几乎悬空的巨石，似乎稍予触动，便会飞滚下去，一路不管遇到什么，都会给撞倒。我寻思，一场血腥的迫害必定发生在这块巨石后面。我靠两手抓住幼小的伞形松，攀登到那儿去。果然不出所料：我在巨石后面看到了一只伸开四条腿的鹿，鹿茸十分瑰丽，幸好还是完整无恙的。我好几回听卢文说过，一副鹿茸的价值主要不在于分量，而在于形状，其中最要紧的是左右两边要完全对称。看来这不是迷信，也不是时人的挑剔：任何一边只要稍有损伤，两边的嫩角长起来自然就会不一样，所以既然鹿茸的药力取决于鹿的健康状况，那么到底健康与否，就可以多多少少根据鹿茸的形状来判断。

我从伞形松上折下尽量多的树枝，给鹿挡住从树梢间射过来的阳光，自己去找豹的踪迹。豹所藏身的那块石头像是一只巨鹰。我在山岭上绕了老大一个圈子，认出了我所看准的那块石头，便小心翼翼地近前侦察，随时准备瞄准那野兽。但是石头底下已经再也没有雪豹了。我在山岭上又把以前也许是火山口的高耸地方走了一圈——哪儿都不见雪豹。我在一块非常平整的、仿佛打磨过的油页岩的石板旁边坐下休息，当我对着阳光看石板的时候，在石板所蒙的灰土上可以依稀辨认出美丽野兽的软爪子印。我闭一只眼睁一只眼，在石板上向各个方向细察了多次，毫无疑问：豹是从这块石板上走过的。当然，我知道，虎豹通常是在山岭上走的，现在发现了石板上的踪迹，对我还没有任何用处：它不知到了哪儿，藏在岩石之间，不见踪迹是找不到它的。于是我把目光转到雾山脚下的美丽的岬角上,细看那儿的峥嵘乱石和苍劲多姿、迎风摇曳的松树,那些松树同南面山沟边上长的完全一样。我从山岭上看得清楚,在那覆盖着低低的、鹿所爱吃的青草的狭长岬角上,有一只母鹿正在吃草,它身边的灌木丛影中躺着一个黄色圆形的东西,可以料定那是小鹿。突然,在波浪拍岸、白色浪花有如喷泉、极力要飞溅到高不可达的深绿色伞形松上去的那个地方,飞起了一只鹰,高高地盘旋到岬角的上空,从那儿窥察到了小鹿,扑了下来。母鹿听到巨鹰降落的声音,迅速地奋起迎战:用后腿站起来护着小鹿,举起前腿使劲去打鹰,鹰冷不防遇到抵抗,老羞成怒,发动了攻击,最后却被尖尖的小蹄子打中。鹰败退到空中,好容易才恢复常态,飞回到一棵伞形松上,那儿大概有它的窝。时间将近中午,天热起来了;在这个时刻,鹿都要从没有遮拦的草场上转移到它们经常逗留的处所,藏身在峡谷里浓荫蔽天的树木之中,直到晚上。瞧岬角上那只唯一的母鹿,叫起了它的小鹿,带着它正从鹰窝角径直向我们小房子所藏的那个峡谷走去。我几乎没有怀疑那就是花鹿,于是心中一时百感交集:犹如下面大海中滔滔白浪上光和影的错动!但是一个想法突然打断了我的满腹思绪,这个想法决定了我以后在这个地方的全部活动。我心想:除了鹰窝角百米来宽的狭窄地带以外,鹿没有别的出路,要是在那狭窄地带堵上栅栏,鹿只有从陡壁上跳到海里,再游回岸上。但是这也不是出路:水中有黑魆魆的尖利的石头,时隐时现,任何生物掉到这些暗礁上,都不免粉身碎骨。这个想法一经产生,便不知不觉地潜滋暗长起来,充满了我的整个身心。休息了一会以后,我决定把山岭上的整个高耸地方再小心巡视一遍,注意每一点棕黄色的东西:也许这时候那野兽有什么动静了……我看见这儿那儿的母鹿带着幼儿从草场上转移到自己的峡谷里去,或者干脆在牧场附近就地找一处柞树丛临时安身。梅花鹿身上有像日影似的斑点,可以起保护作用,我曾经不止一次看见,它们走进哪怕枝叶稀疏的树荫中,也可以叫人发现不了。它们在这树荫中消磨时间,一会儿嚼嚼葡萄叶子,一会儿用后腿的蹄子去蹭那使它们不得安宁的壁虱。我哪儿也找不到豹,最后还是来到那块石板跟前,又坐了下去。闲空中我细看雪豹的脚印，蓦地发现了原先的印子旁边又有另外的印子，而且更加清晰。不仅如此，我迎着阳光细看，在那另外的印子上还发现了两根细针似的毛，我拿起一根来看，认出是雪豹爪子上掉下来的。在我刚才巡视的时候，太阳照到石板上来的角度当然有所改变了，我可以设想当时我看漏了另一个爪印，但是爪毛当时是不可能看不见的——爪毛是在第二次巡视时出现的，这也就是说，雪豹一直偷偷地跟在我的后面。听人说雪豹和老虎绕到追踪它们的人的背后去，是它们的惯技，这种传说也是和上面情况吻合的。

现在不必浪费时间了。为了不让鹰发现我遮盖起来的鹿，我匆匆忙忙去找卢文，正巧他在家，我告诉他我寻得了一只长鹿茸的鹿以后，他喜出望外。我们抄近路，从陡峭的山沟爬上去，向那儿进发。到了山上以后，我和卢文稍稍地察看每一块石头，把山岭上的高耸地方全走了一遍，在正对着那块石板的地方，我为了隐藏自己的脚印，靠着一根长棍子往下跳了一下，然后再一跳，到了一个灌木丛里，藏在背风的地方。卢文继续在山岭上走，我把胳膊肘和枪口支在岩石上，开始等待。过不一会儿，在我的前方，以蓝天为背景，现出了一只黑魆魆的正在爬行的野兽侧影，那正是巨豹。它哪里知道，我正在岩石后面，从步枪的瞄准缺口中注视着它。卢文即使回头，当然也未必会发现什么。当雪豹爬到石板跟前，登了上去，耸起身子，想从巨石上面看一看卢文的时候，我做好了准备。看样子，雪豹只看见一个人，而不是两个人，因此慌了神，仿佛在问四周围："还有个人在哪儿？"问完四周以后，它疑心重重地望了望我的灌木丛。我把准星对准了它的鼻梁，屏住呼吸，放了一枪。它躺倒在石板上，头垂到两爪之间，尾巴稍微动了几下，那光景就像是隐藏起来，以便作决定性的一跳。

我们得到了多么好的一张地毯啊，但是卢文高兴的并不是这贵重的毛皮：在他那神秘的、掺杂着无数迷信的医学中，豹的心，肝脏，甚至胡子，倒起着某种重要的作用。但是当他看见死鹿的鹿茸的时候，连这些贵重东西都忘在九霄云外了。

"好多好多药！"他一边说，一边把鹿茸连额骨一起从颅骨上砍下来。

我问他为什么不把鹿茸从角座割断,而要连着骨头取下来,他回答说:

"我的想得多三倍的药。"

原来,如果把鹿茸连额骨一起割下来,它的价值便会高两三倍。从角座割断的那些普通的鹿茸,只能当药治病用,而带额骨的鹿茸,是一副可以把玩的东西,一件可以赠人的礼品,是家庭幸福的保佑者,在最富的中国家庭里是保存在玻璃罩里的;如果时间过久,这些鹿茸只留下一副空架子,那么这虚有其表的废物,也会使主人存有到了暮年还能唤起性欲的愿望。

"这个鹿茸走吧走吧,"卢文说,"值好多药。"

"走吧"鹿茸就像特别贵重的人参一样,将会在许多人手中,在各个商人之间转来转去,价格不断增高,最后被一个最有钱的狡猾的"骗子"拿去给最有权势的官老爷,悄悄地塞在他的左手的宽袖筒里,而官老爷用右手给商人做一件什么美事。

"那些官老爷也是骗子吗?"我问。

"官老爷想走吧走吧。"卢文回答说。

我们背起鹿肉,拿起它的梅花皮,珍贵的鹿茸、心、肝脏、胡子、豹毯,下了雾山。走到鹰窝对面时,我无意中向那儿一瞥,看见……我心里在这些时刻一直不知不觉地紧张地思考着一件事,现在得到了难得看见的景象的启发,因此变得清晰起来,我信心十足,几乎心花都突然怒放了。

我看见的是卢文在这儿度过的三十年中多次见到的情形,那是花鹿走过狭窄地带,进入了鹰窝草场。

我叫卢文看那只母鹿,并告诉他一个可以经常得到许多"药"的简单计划,他喜不自胜地说:

"好,好,大尉!"

这个称呼成了我长久思索的问题,我至今也没有彻底解开那个谜:为什么恰好从我把一个小小的发现告诉卢文的那一刻起,他开始经常用大尉来称呼我呢?

八

卢文不知用什么办法捉来一只美丽的野鸡,拿来给我看。

"吃掉它吧,"我说,我知道蒙古野鸡的肉有多美。

卢文回答道:

"你爱吃,我不会砍头,大尉。"

我剁下了野鸡头。他说:

"好,大尉!"

他说着就动手拔毛。后来我们在汤里加上米饭,两个人就一块儿吃喝享受起来。

不用说,剁野鸡头是一件很小的事,但是在琢磨到底为什么我突然成了卢文的大尉时,我还是不能不把这件小事也考虑在内:大尉的特点原来不仅是能有所发现,而且能剁脑袋。看来卢文刚来到原始森林里的时候,还没有像找参时这样成了一个深沉和安静的人。以前他曾经和一些捕兽的中国人一起捕各种鹿和山羊,用的是中国的一种可怕的骗兽术:把树木放倒,让根部彼此紧挨着堆在一起,其间留出缺口给动物跑过,在缺口下面却挖了陷阱,用树枝遮蔽起来,动物掉进去,往往折断腿。卢文经常带着他的小猎狗在结冰的雪地上追鹿,他的狗凶极了,咬住鹿的肋部和鹿一起跑,直到鹿的腿在雪地的冰凌上碰伤,停下步来为止。中国人通常就利用这样轻捷的猎狗,尽力把鹿从结冰的雪地上赶到海里去,再划船去捉住它们,在水中用绳子捆起来。他们把捉来的鹿养在家里,直到珍贵的鹿茸长成再割下,然后杀了吃肉。但是,卢文和其他中国捕兽人一起,这样残酷屠杀稀有的、濒临绝种的野兽,只是为了给富人提供"走吧"鹿茸,这种时代今天是难以想象的了。卢文在原始森林中所过的生活,开头是捕兽,当然,他那时已经能较好地分析野兽的足迹，根据足迹猜测野兽的计划，也许连他本人都能像野兽一样地思考。但是我对原始森林中循迹捕兽人的这种经验，并不像某些人说起来那样怀有又景仰又惊讶的心情。我毕竟是化学家，把原始森林中所有这些循迹捕兽人都合在一起，我也是比他们强一千倍的循迹捕兽人。如果我能对任何物质的性质做出化学分析，能查明它的成分、精确度可达到小数点以下的第四位数，那么，蒙昧的循迹捕兽人的这种知识，对我说来又算得了什么呢！何况，我可以像在化学方面一样，把探究的精神用到任何领域中去，在短时期内就可以超过任何一个终生只在一件事情上积累了个人经验的循迹捕兽人。不，卢文身上使我惊讶的并不是这种探究的精神，而是他对自然界任何生物所抱的那种热切关注的态度，使我惊讶的并不是他能分析原始森林的生活，而是能让世界上的一切"复活"。看来，他的生活中有过某种深刻的转变，因此他抛弃了残酷的营生，不再从事毁灭生命的野蛮捕兽业，转而寻找生命之根。人心中的某些感受是永远不应该讲，也不应该问的：它们本身很少能说明什么。一个人以他的行动说出了他内心深处的感受，而另一个人作为他的朋友，看了他做的事，自己便可以想见他的心理。我知道，卢文负担着哥哥的一大家子人，我常猜度，在一次分家时，卢文受了满肚子的委屈，成了哥哥的死敌，于是到原始森林里来了。也许，最初十年的捕兽营生，他只是用来向认为他没有出息的父亲证明，他能比哥哥更好地以自己的劳动获得生活资料。终于到了一个时候，他手里拿着给父亲的证明，心里藏着对哥哥的蔑视，回到了中国，可是，已经没有可以对之证明的人，也没有可以蔑视的人了：在中国常发生的一次可怕的时疫以后，活下来的唯有卢文哥哥的妻子和一堆小孩子。很可能从这一次以后，卢文就变了。以前他过的生活是为了取得证明，骤然之间却失去可以对之证明的人了。诸如此类的故事，后来我从中国人那儿听说过不少。假如我从卢文本人嘴里听说他自己的这种遭遇，那么这毕竟还不如卢文从前亲手在小房子旁边种的那两棵参天杨树给我的说明更多。卢文见到两棵杨树时总是喜形于色，他老是爱对栖身在绿荫中期待着他的各种生物喃喃说些什么中国话！他所喜爱的老鸦不像我们这儿的是灰色的,而是黑色的。初一看以为那是白嘴鸦,后来仔细一看,才想起既是白嘴鸦,嘴应是白的,而这是黑的。"那么,这是老鸦了!"不料,从那只大老鸦的嘴里,发出了我们平常那种灰老鸦的叫声。它是非常聪明的,当卢文到原始森林中去的时候,它常常从一棵树上飞到另一棵树上,长久地给卢文送行。树上还有蓝色的喜鹊、反舌鸟、翠鸟、鹈鸟、黄鹂、杜鹃。鹌鹑也常跑来,在灌木丛中叫着,那叫声不像我们这儿的是"喝一把草薅"而仿佛是:"老——乡——啊!"所有鸟儿的模样无一不是同我们的一样,你一眼就能认出来,可是总有某个小地方或像或不像。椋鸟也是黑的,嘴也是黄的,羽毛上也泛着五颜六色的光,当它准备歌唱的时候,全身的毛竖立起来,你激动地等待着,以为它马上就会像我们这儿的鸟在春天里一样鸣叫起来——谁知不然:它发出嘶哑的声音,再没有别的了。杜鹃叫的声音也不是"咕——咕",而是"克——克"。卢文早晨总要同它们说说话,给它们加喂点东西,我很喜欢这样的友谊,这种热切关注一切生物的精神。我特别喜欢的是,卢文做这种事并不是多少有什么动机,或者硬要它们过什么好日子,他根本没有想过要做给别人看,一切在他是来得这么自然。他捉了一只野鸡,当然得吃掉,无奈却要"砍头",那怎么办呢?所以他请求一个较为懂得此道的人,也就是"大尉"来办。然而,当他得知大尉本人就恨透了别人灭绝美丽的、越来越少的禽兽的行为,而想加以保护和繁殖的时候,他是多么高兴啊!

我的计划开始付诸实现了,我们在峡谷里就地砍了许多葡萄、柠檬以及其他的藤蔓做绳子,放在火上熏,让野兽远远地闻到这种烟味,从中觉出人的杀机,稍稍感到害怕。我们又在这儿做成小雪橇,以便把所有这些藤蔓都堆上去,由一个人运送。早在黎明之前,我就到了雾山,等到花鹿把它的小鹿带到鹰窝角以后,我生起火来报信,接着下山。我还没有走到半山腰,卢文已在狭窄地带站好位置,母鹿这就要完蛋了:它如果径直向人走来,还不如向海里尖利的礁石跳下去为好。它被堵住了,鹰窝角这就成了世界上最美丽的、怪石嶙峋的小小动物园了。我们拿熏过的藤蔓绳子把狭窄地带拦起来,一直干到夜里。第二天早上,我们藏在岩石后面,等到一只只鹿从草场上转移到各自峡谷中的树荫里去的时候，我们看见花鹿不紧不慢地顺着岩石上的鹿道向出口走来。昨天我们曾顺着那条小道到岬角去，砍了一棵伞形松做小标杆。这时母鹿走到了我们留下脚印的地方，停下来，张大鼻孔，嗅到了地面上的什么东西，俯下身去。然后它把头高高地抬起来，在空中闻到了藤蔓的熏味，定睛看了看我们所在的地方，确信有险情以后，尖叫了一声，就回头跑了，而在它后面的柞树丛中，那只小鹿目不转睛地看着它尾巴上努张开来像一面镜子似的白毛，勉强蹦跳起来跟了去。

现在我相信，这只母鹿就是我的花鹿：它的左耳上有一个透亮的小孔。我们目送它离去，高高兴兴地走出了埋伏处，马上投入每天不停地做篱栅的工作。我是一个受过教育的欧洲人，在这个中国人看来是个大尉，善于迅速地判明一切，想出新招，会有意外的发现；他是个老采参人，不仅熟悉原始森林和野兽，而且能深刻理解野兽，以他热切关注的态度，把原始森林中的一切都同野兽联系起来——我们这样两个人，如今自愿地合作起来了。就真正的人的文化修养来说，我看他是长者，我对他抱敬重的态度。他大概看出我是个高尚的欧洲人，所以又惊又喜，对我充满温暖的友情，就像许多中国人只要相信欧洲人不想强迫和欺骗他们，就会报以这种态度一样。那时我当然没有料到，我们着手做的事会把我们引到哪里去，而且这件事同航空术和无线电一样正是最新的事业。人驯服动物，只是在人类文明的初期所做的事，驯成了几种家畜以后，不知为什么就放弃不做了，墨守成规地和家畜一起生活，再去打野生动物。我们依靠在这期间积累的丰富知识，又回到这件放弃了的事业上来，当然我们是另一种人，这件在人类文明初期为野人所开创的事业如今也应当按另一种方式进行了。

九

西伯利亚已向我们这边送来寒气，南部沿海的暖温带开始换成西伯利亚的装束。山中发光的昆虫早已消失得一个也不剩。野鸡已经长壮，从严实的隐蔽处出来，到了被台风梳理过的柞树丛和其他各种灌木丛里。在清晨的寒气中，葡萄叶子开始发红，椴树变为金色。最大的变化是，经常迷漫的浓雾消退了，像我们春天里的阳光一样，这儿是秋阳朗照——这秋阳多明丽啊！简直无异于意大利的阳光。西伯利亚的秋天在这阳光下骤然间五彩缤纷；这儿的秋色比起我们平常气候中所有春天的花朵来，鲜艳得多了。在九月里一个初寒的清晨，原始森林里有一只马鹿叫唤起来，又在一个月夜，我和卢文在小房子里听到了叫声，接着是角碰角的冷峭的声音。再有一次，一只马鹿在某个地方叫起来，另一处也有什么东西差不多像马鹿一样回答它。卢文听出了两种吼声之间的细微区别。据说老虎也能学马鹿叫，人有时也会用桦树皮做的哨子引诱因发情而激动的野兽；卢文说第二个叫声一定是老虎或者人发出来的。我们侧耳细听，琢磨是老虎叫还是人叫。不一会儿，第一种声音向第二种不动地方的声音靠拢，愈来愈近，愈来愈紧——接着一切都沉寂下来。马鹿默默地走近，只有小干树枝偶尔发出轻微的咔嚓声。老虎在林中空地的边上卧伏下来，准备猛然纵身一跳。人扳起了扳机，模仿野兽故意咔嚓一声弄断一根小树枝。原始森林里一片死寂，这些林木也仿佛在期待着解开这个可怕的谜：到底是老虎还是人？蓦地里在寂静中发出了清楚的枪声。还是人了结了这件事。

冬眠之前繁花满枝、在朗朗秋光中显得五彩斑斓的树木，和痛苦的野兽的凄叫，这就是鹿所得到的爱！有一回我在灌木丛中发现了两副角交叉在一起的颅骨。这是两只长有八角形交叉角的力大无穷的马鹿，它们为一只母鹿殴斗而死,后来另一只狡猾的马鹿却得到了艳福——这岂不令人遗憾?

清晨的寒气一天比一天厉害,山上的芦苇在黎明时镶上了花边,只有等太阳升起以后,才蒙上露水,点点露珠闪闪有光。不用过多久,严寒就不怎么害怕朝阳了,它的结晶体在阳光下会比水珠明亮得多。在马鹿发情的日子里,梅花鹿也准备过那痛苦的时期。在原始森林里夕阳西下的时候,我不止一次地看见公鹿耐心地、小心翼翼地在树干上蹭它业已硬邦邦骨化了的角上的茸毛。当马鹿叫唤的时候,公鹿准备投入战斗,而当严寒刺激了成熟的葡萄,使它变甜的时候,梅花鹿也开始叫唤了。

为了我们的梅花鹿繁殖场,我们需要捉些公鹿来,所以我和卢文也在为鹿的发情期的到来而作准备。我们想让花鹿同我们处熟,以便到发情期可以把它放出去,趁公鹿为它而彼此殴斗的时候,便用桦树皮鹿哨吹起熟悉的召唤声把它叫回,指望那些情欲勃发、如痴如醉的公鹿也会跟着它向我们跑来。我们倒霉的是,鹰窝草场上营养丰富的鹿草今年很丰盛,花鹿在那儿已吃得心满意足,无论是我们从鹿最爱吃的树木上折来的一把把嫩树枝,还是玉米粒和大豆,它都毫不理睬。它在已经完全发黄的山芦苇的花序之间,找到一种低矮的、夹杂在枯草当中我们根本看不见的小草,非常简单地消磨它的时间:一会儿低下头去,揪那青色的小草吃,一会儿动也不动地站在树荫中,给小鹿喂奶,有时躺下去,在自己和小鹿身上用心捉不断骚扰的虱子。有一回,我终于喜不自胜地看见,它嗅到了我的足迹以后,没有像以前那样跑掉,却顺着足迹稍走几步,仿佛受好奇心的驱使,想弄明白我是不是躲在附近什么地方;而在看到了我以后,也不像别的鹿一样拔腿飞奔,只是一个急转身,带了它的小鹿缓缓地离开。又有一回,它嗅到了我的足迹,我吹起了鹿哨,它见我在吹桦树皮鹿哨,停下步来,听了半天。它竭力想弄明白这是干什么,可是不消说,它什么也弄不明白,最后还是跺了一下脚,尖叫一声,慢慢走了。大概它以为,还是这样照老规矩行事比较妥当。我每天必定给它吹鹿哨,收到的效果只是使它听到鹿哨声以后不再揪草,而是闻声走来,直到看见了我,然后长久地站在那儿听:我吹的时候,它总是站在那儿,它的小鹿无事可做,往往吸它的奶。但是在第一年夏天,我还是没能使它习惯于听到鹿哨声就紧紧走到我的身边来。

这时候寒气虽还很轻,树叶却都已发干、变色。小叶槭树像燃烧起来似的,满树淡红色,满洲核桃树的独特的巨叶泛着黄色。在祖苏河的岸边,我第一回见到花鹿用后腿站立起来,采撷被一线阳光照得绿油油的葡萄叶子的地方,现在又是一番什么景色呢?夏天里那儿算得一个绿色的山村,一棵棵缠满葡萄藤的树木便是房子,现在葡萄叶子变了颜色,那一座座小房子便成了通红的了,其中我曾度过一个决定性时刻的那个绿色帐幕,显得格外红,格外黄。以前原以为葡萄藤会把一棵树完全缠死,现在发现,即使在葡萄绿荫覆盖下,树木也能找到足够的阳光活下来:那棵满洲核桃树,现在正从葡萄的红叶下面透出金黄色,在红黄相错如锦的叶丛间,到处挂着一串串打过霜的熟透了的乌黑的黑龙江葡萄。

一天夜里,卢文叫醒了我,要我一起出去。他让我朝北斗星看,只见北斗星将它的斗角靠在黑色的山上,仿佛正从黑色的山脊后面拉出斗把上最后一颗所缺的星。星光灿烂起来了!满天是炯炯的繁星!在这空气干燥的天地间,上下莹澈,寒威渐重,就从那北斗星底下的山上,寂静中传来了十分特别的声音:开头尖细,像平常梅花鹿叫的一样,后来像汽笛似的,从很高的尖细声音迅速降下来,愈来愈浑厚,一直降到最低音。在峡谷的对面,有一个完全相同的声音在应和;再远一点,在雾山上,也可听见,还在叫;再远一点,声音微弱,像是我们叫声的回声;还再远一点,就像是我们的回声的回声了。

我们久盼的时候到来了。梅花鹿的发情期开始了。

叫声一直延续到次日。天破晓后,我们看见在山坡上的林中空地旁边,站着一只公鹿,脊梁上有一条明显的黑色横纹。它很像那一只黑脊梁,我上次在小溪里洗澡时,它曾同其他的鹿一起走到溪边来。此刻这只公鹿远看起来比我当时所见显得更机警了。它高举着脑袋,悄悄地走来走去,不时环顾四周,仿佛不安地期待着什么。后来大概听见灌木丛中有什么动静,它拔腿飞奔过去;一只母鹿从灌木丛中跳出来,疾驰而去,公鹿也就跟着追向山脊。

正在这时刻，山脊后面射出了朝阳的曙光，所有打过霜的山芦苇都闪烁起来，整座山顿时耀眼生花。等我和卢文奔上山顶，母鹿已经躲进正在吃食的鹿群中了，正像一个机灵的姑娘在游戏的时候，忽然藏身在同伴之间，难以被人捉住一样。但是正因为鹿群中有了这一只母鹿，其他的哪一只也再无法离群了。黑脊梁慢慢走着。它夜来在什么地方的泥泞中洗过澡，大概是为了尽量缓解它痛苦难熬的性欲。它的肚子痉挛地收缩着，什么东西也不吃。显然，性欲除了使它痛苦以外，没有给它任何愉快，现在它几乎不断地痛苦叫唤，没有一刻的安静。母鹿群中即使有一只母鹿想稍稍离开几步，它也会立即飞奔过去，赶回群中。

突然，所有的鹿都一齐把头转向一个方向，发现小山后面有一副鹿角渐渐露出来。黑脊梁提防了起来，不过那鹿角毫不显眼：是一只中等的、极普通的公鹿，正顺着逃跑的母鹿的足迹走近前来。黑脊梁不屑赶它，只是皱皱鼻子，鼻孔里发出噗噗的声音，那公鹿就动弹不得，站定在山坡上，一步也不敢走。足迹是可以从风中和地面上嗅到的。那边山上还有一些公鹿顺着同一条小路嗅着母鹿的足迹走着，一边向前走，一边仿佛在鞠躬致意。它们被最后一座小山挡住，一度不见了以后，突然从山后清楚地现出它们的角。然而这都是些孬货，只要听见黑脊梁一打响鼻，就会停下步来。也有几只勇猛的。黑脊梁这就皱皱鼻子，歪吐着灰色的舌头，跑去赶它们。有几只被赶以后，又悄悄地前进，直到母鹿群的主子明白，如果这些家伙只满足于闻芳香的空气，一动不动地站在鹿群旁边，是于它丝毫无损的。幼鹿头上没有角，只有小小的疙瘩；它们因为无事可做，模仿成年的鹿彼此尖叫，打响鼻，额头和额头老半天地顶着，竭力把对方从原来位置上推开。这样渐渐地，鹿和鹿之间那种普通的长期的纯朴关系：母鹿们和睦地吃着东西，把那只发情期虽还没有完全成熟，但快要成熟的母鹿藏在自己的群中；幼鹿像绵羊似的彼此把额头顶着额头，交错着疙瘩，煞是好玩；充当帮手的公鹿们不敢违拗母鹿群的强壮的主子，规规矩矩地站在半山腰。忽然间，整个鹿群嗅到了什么不平常的动静，全都向着一个小山转过头去，只见小山后面所有的公鹿都顺着发情的母鹿的足迹来了。不一会儿,又看见小山顶的后面露出了一副鹿角——好一副鹿角啊!它慢慢地显露出来,使得怔忡不宁的鹿群似乎都在揣度:那鹿角要多大工夫才能全部露出来啊?等到那鹿角底下现出一个长着无敌的额头的大脑袋以后,全部情况立刻清楚了:来的是最强壮的原始森林之王。我也立即猜到,这只强壮的公鹿就是那灰眼睛,我来到咔哧峡谷的第一天看到它的时候,曾赞赏不已。当时我就觉得它比其他的鹿,甚至比黑脊梁更神气,但是现在它的脖子鼓得厉害,冬天的灰毛像胡子一样挂在脖子底下,充血的敏感的鹿茸连同眼睛上面能致敌于死命的鹿角叉子,现在已成了可怕的武器。灰眼睛也同黑脊梁一样,浑身是泥泞,肚子脏极了,沾满了因淫欲而排泄出来的东西,痉挛地收缩着——这只野兽已横下一条心来对付一切,只为了保住自己在新的一代中继续过鹿的生活的唯一权利,它已失去常态了。看到鹿群以后,灰眼睛略停片刻,马上什么都明白了,所有的鹿也都明白了它:看来这些公鹿的实力在往年的战斗中已经较量过了, 也许在各自的外表中也能直接显出实力来。处于鹿群和灰眼睛之间的公鹿,一齐急急地退到一边。黑脊梁和灰眼睛之间似乎有一笔要命的老账,也许还订有不成文的条约:黑脊梁不得落到灰眼睛的眼里,要是碰见了,那就不能后退,只有殊死一战。鹿角当然是可怕的武器,但是问题毕竟不在鹿角上——有些时候没有角的鹿也能折断有角的鹿的肋骨。不过灰眼睛的鹿角显示着潜在的力量。而黑脊梁的狞厉的眼睛里仿佛隐藏着一个计谋,想给那大力士设个圈套或骗局:"我是在所不惜的,可你也妙不了!"灰眼睛不愿意浪费时间,弯下头,痛痛快快跑过来,用鹿角猛击黑脊梁的鹿角,额头猛顶额头。黑脊梁动摇了一下,但坚持住了,站稳了脚跟。原来只要能站稳脚跟就好了:如果竟失足跪了下去,对方就能来得及腾出鹿角来,把眼睛上面的鹿角叉子插进你的肋部、心脏,那时就完了。鹿角对鹿角,额头对额头,尽可以对顶下去,只要力气能够支持得住,只要不倒下去就行。这场战斗看起来是持久的,耗尽体力的,但是想不到黑脊梁在攻对方的时候,脚下遇到了树墩,由于前脚能支在这树墩上,它就给了灰眼睛一个猛击,使得原始森林之王不得已跪倒下去。可惜黑脊梁没能利用有利的战机。灰眼睛明白了致命的危险以后,转瞬间恢复了常态,拼命攻过去,使黑脊梁不仅前腿跪下,甚至摇晃了一下,差一点侧身栽倒。眼看着灰眼睛会马上腾出鹿角来,给正要倒下去的黑脊梁的肋部以猛击,使它跌倒再也起不来,本来是毫无疑问的了,不料骤然间,灰眼睛不知为什么同即将死亡的对手一起倒了下去,于是双方都在地上挣扎,干嚎,仿佛发着临死前的痉挛。

　　这件事真叫人纳闷,但是卢文见过这种场面,他首先明白过来,万分地高兴,尽快跑去取绳子——这一切都说明,两只鹿的角缠在一起了,在它们分开来或者毁坏自己以前,我们应该把两只鹿都捆起来。

　　如此得来全不费工夫,真是一件令人惊叹的事!

　　然而如果没有幸福的机遇,这是不成的,事情往往都是如此,不幸的事却在后头……我们的事业第一步进行得很顺利。我们捆到了两只极好的鹿,手里有了鹿的发情期的鹿王灰眼睛和它的死敌黑脊梁,卢文在陷阱里还提了四只较年轻的公鹿和两只幼鹿。

一〇

　　人们夜来享尽了亲昵温存的愉快,或者相反,彼此责备,嫉妒,为什么事戚戚忧虑,或病孩不时啼哭,以致苦不堪言,而到了清晨,却像死人一样沉沉睡去——这种平日的幸福,在我看来,可为黎明前的时刻所替换。平日这种痛苦和欢乐的交替,当然也在我身上发生,不过,家庭就是建立在这种幸福之上的。为我替换幸福的黎明前的时刻一经来到,我这个和大自然的所有力量结合为一个整体的人,便做起那不显眼的共同的事业来;因为有了这共同事业,幸福的人们在初阳揭晓中醒来时,往往会喜洋洋地说:"咳,今天早晨多美啊!

　　我总是比卢文还早起几十分钟, 肩靠在什么硬东西上, 心怀莫名的期望,静静地千思万想,直到得出一个结论:自然界是没有像两把椅子一样彼此酷似的日子的,一个日子只会出现一次,便永远地消逝。在黎明前的时刻,随着这个新的、从未有过同样特征的日子的逐渐明朗,我也一心思索着自己的什么事。当我内心的一切都趋于一致,而外界即将来临的一天正在形成的时候,我便出去干活。不过当然有时候早晨也迷迷茫茫,什么都看不清,思绪也就茫无边际,今天我手上的斧头只是机械地挥动着,像昨天一样。这儿春夏两季成天是漠漠雾霭,入秋以后直至整个冬天,当地面上还是昏蒙一片的时候,这乐园般的地方上空的情景,却是瑰丽神奇,非同一般。有了这冬天的蓝空,和意大利太阳的光力,在黎明时分,大地上本该是一幅霜林染醉、百花争艳的画面,可惜西伯利亚的风把一切都毁灭了,新丽的阳光统统洒向了大海,整个海面蔚蓝无际,而黑魆魆的悬崖峭壁,以蓝海为背景,争雄竞秀,上面长着一棵棵伞形松,这些伞形松总是形状各异,没有一棵相同,它们是永远和台风搏斗的战士。后来阳光越发强烈,在一碧万顷的海面上现出一条没有尽头的金灿灿的大道,而在陆地上,不论看见一朵随便什么花,哪怕是小小的、甚至只是一点点有颜色的发蔫的东西,也会变为最鲜艳的花。那一顶绿色的葡萄帐,我曾在其中遇见花鹿的,现在只剩下一棵黑不溜秋的树,枝杈上缠着黑不溜秋的葡萄藤,在葡萄帐中曾当作小窗口的地方,现在挂着一个藤环子,在这个环子里,有一片独一无二的葡萄叶在索索抖动,也许这片叶子并不很红,但是在朗朗秋阳下恰如鲜血一般。在荒凉的黄色的草场上,点点发红的杜鹃残叶有如小小的碟子,那样的显眼,那样的鲜红,仿佛是死鹿的血:血流出来,像红色的小碟子似的残留下来。

整个大地都被朝阳照亮了;谷地里一直隐蔽着的鹿的草场的各个角落,都显现出来,还露出一丛丛的柞树,树上留着卷成灰色小管子的树叶——这是梅花鹿过冬的食物,因为它们不像北方普通的鹿,能刨雪下的草吃。那么,如果椴树和柞树丛被雪埋住了,怎么办呢?我们在冬天里拿什么喂自己的鹿呢?想到这个不安的问题,我再也无心靠在树上站着了。我们拿起斧头,出发去砍一把把的枝叶……

卢文往原始森林里捎了个信,于是有几个中国工人来到我们的小房子里。在我们已经拦了起来、只有花鹿自由自在地觅食的鹰窝,我们修建了一个养鹿场,其中有单栏,有蹓腿的院子,以及割鹿茸的棚子。我们整天干活,晚上我坐下计算,记录,设计鹿茸切割机,需要的东西很多,偏又缺少铁、钉子、铁丝,还不得不绞尽脑汁,用什么东西来代替挂钩、合页、螺丝。我也常看中国人打牌,心中暗暗惊奇:如果他们有谁得到好牌,赌注归他的话,他不必向同伴们摊牌,无须把好牌亮出来,他只是把所有的牌连同好牌一起往总的牌堆里一扔,便把赌注收走。谁也不想检查他,欺骗是不可能的。这真好。然而,如果毕竟发生欺骗行为的话,那么欺骗者不像我们这儿似的被揪住耳朵打一顿,而是干脆杀死,因此由于怕死,谁也不敢欺骗:仿佛这又不大好……各种各样解决不了的问题纷纷而来,有时候以为解决不了,是因为既没有书本,也没有受过教育的人可以查询;而在实际上,像我后来所肯定的,在查询别人如何想法的过程中,这些问题会暂时消退,搁置起来,始终得不到解决;

这些问题只是袖手坐着是解决不了的,要在因时而异的行动中才能解决。我跟那些中国人的不同之点,主要是在于我什么都要计算,一切都想有个答案。他们呢,什么都是讲信用,靠记忆。只凭我什么都要算,都要记,要制作修建养鹿场和做鹿茸切割机的小小平面图,就足以使这些人全都叫我"大尉"……这是为什么呢?是的,有许多如此尖锐的问题看来是必须解决的,然而却无处可以查询。我真想确切地知道,他们给我大尉之权,是从何说起。这个权力是不是我的祖国的一部分,因为她在计算、记录和行动上胜过本地居民已经相当久了;抑或我在中国人眼里之所以成为大尉,仅仅是因为我这个白种人在他们眼里是拥有资本①可以做一番事业的人?……我头脑里产生的各种问题非常多,这些问题解决不了,有时使我感到孤单痛苦,不是长吁,就是短叹,竟然弄到不能算,不能记,不能设计鹿茸切割机方案的地步。这时候老卢文总是来帮助我,他倒不是直接帮助我,而多半是脸露笑容,婉言提醒我,我的生命之根还是完好的,只不过暂时停止生长罢了,因为有一只鹿的蹄子踩到它的头上;再过若干年,它的茎上的花一定还会长上来的。对此我有时候心神倾注,久久遐想,恍惚中这生命之根似乎变成了一种奇物,同我脉管里的血一起跳动,成了我的力量,顷刻间极度的痛苦消失了,却涌出了同样极度的欣喜,以致我很想用什么事使卢文和那几个中国人也感到欣喜。我用"我的和你的"这种可怕的语言,努力向卢文证明,东方人为了给自己保留自己的一切,也好成为大尉,也必须计算和记录。卢文心地纯良,连鸟兽都能理解,何况我呢。

"你的算吧,"他指着纸说,"这你明白吗?"

"是的,是的,当然,我明白。"

"我的,算的不明白,我们的帮助你,这样就好,好,很多很多药!你的算吧,我们的帮助你!"

①俄语"大尉"和"资本"两词除尾音外其他音相同。——译者

当发情期结束，最后一只受了精的母鹿回到自己雾山的峡谷里去过冬的时候，那些因不断呼唤、奔找母鹿，食欲不振，彼此仇视而精疲力竭的公鹿，却已若无其事地成群结队，到山上稍高地方的偃松林去医治一身重病。那时我们也把养鹿场里的俘虏从单栏里放到院子中去，这些不久前的仇敌和睦地在一棵空心巨木做的长槽里吃食。这儿有：强壮的鹿王灰眼睛；孤僻的、眼有黑斑的黑脊梁；年轻的花花公子，一只三岁的鹿，全身英挺，有一双梅花鹿中极少见的深棕色的大眼睛；米贡，身量不大，却矮矮壮壮，极为善良，如果盯着它的眼睛看，它一定会眨巴起眼睛；还有摇摆鹿和直角鹿，看来是亲兄弟，因为所有鹿身上的斑点都杂乱无章，唯有这两只鹿红毛上的白斑一行行很有规矩，必定是源出一只同样的母鹿。至于年轻的和胖乎乎的小鹿，我们不知为什么都干脆管它们叫小米沙，给鹿遛腿的地方是一个不太小的院子，完全谈不上有正规的形状，因为我们是拿活树作桩子的。院子里的树我们一棵也没有动，为的是让公鹿在热天里有树荫可躲，此外还为了必要时可以在树上钉杆子，把整个院子拦成三角形，角的顶点向着各个单栏的狭窄过道，只要在三角形的底边把鹿一赶，它们便一定会走进单栏的过道。过道的尽头摆着鹿茸切割机：这是一个有活动底的箱子，鹿陷落在箱中，肚子便会被托板托住，挂了起来，腿脚悬空晃动。这样可以在任何时候把每一只鹿捉住割鹿茸或者过磅。

同中国人修建养鹿场和遛腿的院子，做鹿茸切割机，热热闹闹，费了好多时日，却把驯花鹿的事大大耽误了；花鹿这时带了自己的小米沙，远远走到岬角尽头幽深的悬崖峭壁间，躲在松林里了。那儿的一个老鹰窝，我早已拆掉，免得猛禽让鹿受惊，因为一受惊，它们是会乱纷纷破坏任何障碍跑掉的。岬角上的养鹿场工作一结束，一切又安静下来，我把小食槽连同大豆以及几把柞树枝搬到那长着松树的峭壁之间去。那儿没有什么吃的，花鹿饿极了，不消说，第一夜它就把全部大豆和枝叶都吃光了。于是我把食槽朝养鹿场这边移近一点，再倒上些大豆，用桦树皮鹿哨吹一会儿。花鹿很快出现了，全身都可看见，无论我吹多长时间，它总站着听。我已经开始以为，听吹鹿哨是它所喜欢的，有一次它竟敢在我吹鹿哨的时候走到食槽跟前，低下头吃起来；从那时起，它经常来吃，并不注意我是在吹鹿哨还是站着看。渐渐地，我几乎把它引到了养鹿场的旁边，我甚至试着把食槽放到敞开的院门口，不过我无论怎样吹，它总是不进门。

　　说起来，我在它身上花的时间并不长，因为过不多久，每一只自由的鹿只要知道我们的俘虏过的是什么日子，便都来了，自己要求让它们到装着大豆的食槽跟前来。有一日，完全出乎意外，冬天突然在我们那儿降临。一天晚上，我看见一群形状像鹿、穿空而上的峭壁，我把这雕塑一般的群像当作是光和影在山中偶然的嬉戏，不禁欣赏了起来：仿佛是三只成年的鹿，两只母鹿，一只公鹿，带着一只小鹿和两只幼鹿。它们那一排姿势不一的小脑袋，在晚空的背景上呈现出一弯扇形。突然其中一座像鹿似的峭壁稍稍动了一下，而且有依稀可辨的鹿鸣传到这底下来。原来，那高处真的是鹿，另一面陡坡上面也有鹿，雾山的山沟高坡上也有，到处都是鹿，朦胧中和山融为一体。卢文看到了山上的鹿以后，立即动手修补我们小房子上绷芦苇顶的网子：他确信，要是鹿在晚上上山，次日天气必定不好。我也根据一种模糊的预感，料想自然界会有什么事。近来的日子天天一个样，犹如镜子里照出来似的一个相同的日子，平平静静，冷得冻人，没有云雾，我觉得不自然，感到可怕，之所以可怕，还因为在没有一点生气，只落得一片发黄的荒野的上空，仍挂着四十二度纬线上的意大利式的太阳！这是谁也没有过习惯、不熟悉的自然界啊！我仿佛觉得，这春天的太阳白天里引起树木中的液汁的活动，而晚上由于寒冷，受骗的液汁冻结起来，整棵树木从上到下就裂出了一道道的口子。粗壮的树木在峭壁下躲藏了几十年甚至几百年，峭壁却突然崩塌，化为碎石，台风又把树木当火柴盒似地乱扔。还有洪水的肆虐是何等的猖狂！人是自然界最有理性的生物了，却要向鹿探问明天的情况，这是多么奇怪！

第二天黎明前的时刻，我怀着不安的心情走出去，看鹿给我们预报些什么。等到天气可以判定的时候，我像进了鹿茸切割机的鹿一样，脚下顿时失去了支点，天地间的东西南北，一年四季都乱了：天气变得很温暖，出现了夏季的很淡的云，接着是美丽的吉祥的乌云，然后这儿整个夏季从未见过的痛痛快快的暴雨下了起来，雷电交加，像我们那儿一样。这样一直持续到傍晚。

看来，鹿是把人骗了；傍晚天气突然变得很冷，桶里的水都结了冰，一场带雪的台风刮了起来。

山又怎么样呢！在我们峡谷的两面高坡之间，我们静静地坐在自己小房子里的火边，听着怒吼和尖叫的声音，还有岩石崩落下来的特殊的轰隆声：海边有什么东西发出一声特殊的巨响，我们猜想那是屹立在小路上的一座危崖。顷刻间，一切又归于死寂，仿佛身体极长的台风妖怪一直在我们头上飞啊飞啊，等它的尾巴一飞过去，就静寂下来了。这时候，大海发出像是地底下的隆隆巨响，把卵石纷纷抛到岸上来——水底下圆石多极了——然后又很快地把它们带回去，它们却唠唠叨叨地表示不满。大海这样把卵石抛上来又带走，约莫有十个来回的时候，台风妖怪突然回来，呼啸着盖过一切声音，十分可怕，再次在我们上空的黑暗中长久地飞着，一直到海上又传来隆隆声和唠叨声。就这样，大海把卵石抛上来又带走，台风妖怪一会儿又转身回来……

要不是靠了两座山的阻挡，我们的小房子连同我们人便会像轻飘飘的野鸡毛一样被卷起来，而且所有的鹿，连雪豹，连老虎，都会给刮飞起来。不过野兽还在前一天就觉察到了危险，转移到背风地方去了。鹿在完全无风的地方隐蔽起来，因为无事可做，竟站在那儿把树上的小枝折断。我在山中打猎时，不止一次地看见这些鹿的隐蔽地方，远远地凭了折断的树枝和踩实了的土就可以认出来。我们当然是预见到天气的恶变的，我们建的养鹿场可以使台风根本不可能刮到我们的鹿。但是我一想起花鹿，就不禁害怕起来，因为整个鹰窝角这时被风吹遍了，只有一个隐蔽的地方可以藏身，那是我们养鹿场的所在:花鹿只有在那儿才有救。

今天在这黎明前的时刻,我的眼睛倒渐渐适应了白雪,但是一会儿遇上了意大利式的太阳朗照下的璀璨雪光,眼睛还是几乎不能忍受。台风虽然小了一点,仍继续刮着,但我们必须赶到养鹿场去救花鹿。我们好像在打猎中偷偷侦察野兽时那样怕遇上风,所以就在小山之间穿越前进,我们的脚印此刻奇怪地留在雪地上。也许现在什么地方也有一只饿虎出来,把它的脚印留在雪地上?或者它宁可挨饿,也不愿有这种可怕的事——在雪地上看见自己的脚印?当然,雪只是积在凹地里,在四面受风的高处依然是一片黄色的山芦苇,正被风吹得东倒西歪。这些高地方,我们是极难走过的:我们只好学蝎虎那样爬,台风虽然紧追我们不放,却也不能把我们刮离地面。我们爬上最后一个高处,看到了整个鹰窝角以后,立刻转忧为喜,因为我们的鹿都藏身在单栏中,花鹿带着它的小米沙站在养鹿场对面的凹地里,那神气仿佛是只等有谁打开大门,放它到院子里去。当我们开门进去的时候,它站在凹地里连耳朵也不动一下。我把它非常熟悉的食糟拿来,倒上大豆,放到院子中央。我把一根绳子拴在门上,以便一拉绳子就可以关上门,然后和卢文走到一个空的单栏里去,把活动小窗稍微打开一点,好留个亮。我对着这个小窗眼吹起了桦树皮的鹿哨,卢文拿着绳子,一等我示意,就拉一下。花鹿听到最初几声鹿哨,眼睛变得柔和、细小起来,平常机警竖立的耳朵漫不经心地向两边分开来;它伸长脖子,扭动鼻子,向前迈了小小的第一步。我再吹几声,它再迈一步,再吹,再迈。到了门边,它停下来,陷入沉思,我有意沉默,使它不致太习惯于召唤的鹿哨声。大豆对它的引诱力比鹿哨声更大,它这时已清清楚楚看见大豆了。沉默了一会以后,我又吹起来,于是大功告成:花鹿起步走到食糟旁边,吃了几口,我马上向卢文丢了一个眼色,他小心地拉了拉绳子,大门就关上了,关门声我们一点也没有听到。花鹿呢,当然听到了,它转过头去,两耳像角一样竖起来。大门关上,它居然不感到奇怪,它只关心一件事——可不可以痛痛快快地吃大豆?它深信能如此以后,又把头向食糟弯下去,用黑色的嘴唇一点一点地摄取美味的黄色的大豆。

一二

　　冬天时我不止一次地想起要去看看人参。我真难想象这种最最娇嫩的亚热带植物在雪下怎么过冬。原是南方的气候，现在却变得如此凛冽，这一番剧变，人参如何熬得过来？我也很想看看白雪覆盖的歌谷，欣赏它如今已没有飞鸟和夏季乐师——螽斯——的一片宁静，遗憾的是，冬天养鹿的工作忙得使我无法脱身。我们既要喂食，又要清扫单栏。我毕竟不能说，这粗重的活儿使我感到厌烦。我对花鹿的特殊感情从来没有消失，仿佛这不单单是一只鹿，而是一朵花儿，而且是一朵特殊的花儿，我自己这个前途未卜的人，将来可能得到的、我自己还说不清楚的种种机遇，都同这朵花儿休戚相关。而且其他所有的鹿，以及眼前这整个新的大事业，都是我个人的事业，同时我却并不从中为自己期求什么，我们未来的收入，我同卢文一样只看成是给未来的、我还不认识的人们的一种药。在我本人，事业本身便是世界上最好的药。我有时半天半天地留意花鹿怎样向不同方向转动耳朵，我后来也朝它所听的那边看；我往往长久地注视着，直到亲眼发现动静。有时是一只老鹰飞过，或者一只狼走过，那时花鹿眼睛下面的长长的泪囊便舒展开来，因此它那双十分美丽的大眼睛显得越发大了。到现在，我不仅能在任何时候抚摩花鹿两耳之间的地方，而且甚至让它习惯于我们的猎狗莱巴了，因为在院子里给所有的鹿喂食的时候，莱巴总是在场。其他所有的鹿也很快都同莱巴处熟，对它都毫不在意。不过花鹿因为它的小米沙的关系，对莱巴还并不完全漠然置之。它非常清楚，莱巴是不敢动幼鹿的，但是做母亲的本能使它在吃食的时候毕竟还要时时偷眼看莱巴，一有机会，它总是尽力把莱巴从自己身边稍稍赶得远一点。好在莱巴十分机灵，母鹿的尖蹄子从来也没有能够踢中它。只有一回，跳蚤咬了莱巴，像其他狗遇到这种不快一样，莱巴顿时忘掉了天下的一切，悻悻然只注意跳蚤，皱起鼻子，用牙齿在肚子上搜寻，把两只后腿伸展开来。花鹿发现以后，跑到了莱巴身边，举起一只前腿……霎时间，所有的鹿，米贡、摇摆鹿、直角鹿、花花公子，甚至灰眼睛，甚至黑脊梁，都停止吃东西，很有兴趣地看起来。那时我已经开始懂得它们的笑了，它们往往不是在面颊上，而是在眼睛里流露出一点什么，当花鹿举起一只前腿，好不快乐地轻轻踢一下莱巴的时候，它那调皮的眼神就特别明显。这多有意思啊！

冬天可怕的不是寒冷，而是劲烈的朔风。无论在山顶上，还是在坡面上，雪都留不住，凶狠的台风把它们都给刮走了，但是在凹地、山沟、峡谷和山谷中，却积得满满的。只是凭着雪上的脚印，我有一次才识破了红狼的袭击计划，于是赏了它们几颗弹丸。有一回，积雪又让我知道了在我打死豹的那个雪豹沟里，住着它的母豹和两只小豹。又有一回，我根据树上结的冰，猜到了树里睡着熊——果然有一只不大的白脖子的熊。我还曾在雪上看见老虎的脚印。

到了数九寒天、朔风凛凛的时候，所有的鹿都从北边转移到向阳处来，在柞树丛中觅食。它们如果像北方鹿一样，能用蹄子刨开雪，吃到干草的话，那么只有冰冻的天气才是它们感到可怕的了。然而这些残余的野兽，看来不善于在各方面都适应严酷的气候，它们在一片掩埋着灌木丛的深深的积雪中，成了孤怜无告的生物。它们的日子可真难过啊！离春天总共只剩下个把星期了，竟有一只怀孕的母鹿怎么也挨不到那时光，衰弱得死去了。要不是它有胎儿，自然是能活下来的。

当春雾初起，山上四面受风的高处从冰壳下裸露出来，同时露出美味的苔藓的时候，一只年轻的小母鹿来到那儿觅食，踩到了大风刮成的一大块悬在海边的积雪上。这大雪块本已受到春雾的浸润，一踩就崩坍了。要是雪面没有冰壳的话，机灵的母鹿原是来得及只凭两只前腿把自己的身子甩上来的。如今只看见那结冰的山岩边上留着蹄子蹭过的印子，母鹿却已粉身碎骨，倒在紧靠海边的石头上，成了狐狸、獾、貉，也许甚至还有章鱼的猎物了。

在这冬夏之间的艰难的过渡时期，鹿送命的是不少的。一只母鹿靠后脚立起来,从小柞树上采干树叶吃。也许它后脚的硬蹄子在冰地上滑了一下,摔倒下来,脖子就卡在柞树的枝杈上。我看到它的时候,它就这样挂在那儿。还有,一只公鹿想纵身跳过柞树丛,尽管身子过去了,后脚的蹄根却卡在繁密的树干上了。是的,鹿也是有七灾八难的,其中最难熬的,据我看来,是担惊受怕……

春天里细雨霏霏,烟霭蒙蒙。太阳难得露一会儿脸,要不然也真作孽:树木被温暖的天气所欺骗,萌发了生机,到了傍晚,活动起来的树汁却上冻了,致使木质破裂。

山上的积雪已在渐渐融化,变成一股股小溪流散,这在迷雾中是看不见的。后来各种劲草长上来,也是看不见的。候鸟迁飞的壮举,只有凭声音才能猜到。一两个星期的时间都在浓雾弥漫中度过,除了野鸡以外什么也看不到,不料有一天令人喜出望外:在融融春阳下,一座座绿色的小山包呈现了出来,迄今曾经是一片寂静,现在四面八方突然发出了野鸡的叫声。

鹿开始脱换老角了。强壮的公鹿换得早,它们的新角也长得早,发情期也来得早。在冬天的时候,卢文有好多次对我讲起一种不朽的鹿,说什么这种鹿是永远不换角的。我很珍重卢文讲的所有奇异的故事,因为他都有某种可靠的原始根据。我总是一边听他讲,一边尽力照自己的意思去理解,从中吸取对我有用的东西。轮到不朽的鹿这件事也是这样。当所有的鹿都换了角,母鹿产犊也已开始,谈不上还会有哪一只鹿留着骨化了的老角的时候,我有一次真的从山上看见草场上有一只不朽的鹿,头顶着有很多枝杈的骨化角,孤零零地在吃东西。我一定要解开鹿的不朽之谜,因此尽管我原来决定绝对不打梅花鹿,这一回却硬了硬心肠,发出了一颗子弹。于是不换角的秘密一下子就揭开来了,很可能在春天发情期殴斗中,这只公鹿失去了性器官,年轻的生命力本来正从下面涌向老角,这时却终止了,活的角没有长成,死的骨化角倒原样留了下来。既然那副死骨没有变化,还是老样子,就很容易以为那是不朽的,再说,恐怕这不脱换的骨化死角,也是大家最好理解而且真实可信的不朽样子了。我当然把这些话都说给卢文听了,而且让他看了公鹿的骨化角和失去性器官后结疤的光滑处。卢文当然回答说,这不是那种鹿,不朽的鹿毕竟还是不朽的,子弹打不死它。这时我心中忽有所触,痛苦地想到卢文死守着他的奇异故事,就像长着不脱换的骨化角的公鹿一样。我之所以痛苦,是因为我无可奈何地,仿佛根本不是因为什么大事,也不是在实际上,失去了同这个最好的人的共鸣,我们从此分道扬镳了,我依旧成了孤单一人,跟这个好人在一起我总是缺少什么,无论怎样去爱他,去接近他,跟他一起,毕竟还是孤单一人,心中有美事,也不能跟他交谈,因为那美事在我十分珍贵,在他也许是多余的。

当然,我们的鹿也像外头的一样,渐渐地一只跟着一只换了老角。第一个换的是灰眼睛,接着不久是黑脊梁,然后是米贡、花花公子、摇摆鹿和直角鹿两兄弟。换了角以后,有一次米贡走到我的身边,发出特殊的尖细声音,弯下头,仿佛想用已经没有了的角把我顶起来。我猜到应该挠挠它的角座:据我看,那地方一定是发痒的。叫我一挠,它很喜欢。另一回它远远地看到我,尖叫着奔了过来,几乎把我撞倒。我挠了一会,我们就分开了。但是第三回,因为已经娇惯了,它跑了过来,一副像是下命令的模样:你愿意,就给挠挠;要不,我自己挠!不消说,我没有听从这个孽障,而它呢,想自己把角蹭在我身上,使劲拿脑门顶我,我不仅跌倒,竟还飞到了栅栏旁边。米贡知道我没有什么了不起以后,又向我冲来,当然,它很可能再一次把我撞倒,使我爬不起来。但是在它弯下头来准备冲击的刹那间,我明白了自己的处境,立时用左手抓住它的右腿蹄子根,右手照着它的肋部狠命一击,使它倒了下去。但是这还不算数!我随手从栅栏上拔出一根杆子,把它痛打了一顿,从此以后它就永远老实了。它照旧眨巴眼睛,发出尖细叫声,把角座送过来挠痒痒,但是只要我用一只指头吓它一下,它便走开了。其他的鹿都还野性未灭,不让近身。

为了做秤,我费了不少工夫,但是到底做成了,同鹿茸切割机结合在一起。鹿进了机箱以后,我一按杠杆,箱底就变成了秤。我用两只完全相同的鹿——摇摆鹿和直角鹿——来做实验。我像喂猪似的用浓缩饲料来喂摇摆鹿,只要它吃得下,就尽它吃。另一只和它重量一样的鹿,我像喂其他所有的鹿一样采取正常的喂法。我做实验的目的,是想了解把鹿喂得肥一点,能使鹿茸的重量增加多少,这样能不能慢慢地得到连在中国也没有听说过的很重的鹿茸。随着时间的推移和鹿茸的长大,我一眼就可看出,特殊喂养的那只鹿的鹿茸充满了血,透出了鲜亮的桃红色,下面的茸毛银光闪闪。可是我的计划还多着呢!我的最主要的计划,我的狂热的梦想,是在于培养出一些贵重的鹿茸,卖掉以后,用得来的钱购买大批铁丝,用铁丝网把整个雾山连同山里的所有鹿及其敌对的豹、狼、貉、獾跟大陆隔开来。我设想我的鹿茸业分为四个部分:第一部分是我的家养的鹿场,公鹿圈在这里,直养到割下鹿茸,然后放到第二部分去,那就是鹰窝角这个可算得是半公园的地方;第三部分是雾山公园;最后是连着雾山的原始森林,那是源源不断的野鹿后备处。我还梦想在我驯养野生动物新品种这个新事业中,根据卢文的推荐,结交一批像他那样的中国人,我要做到使他们内心里同文明的引诱力不相关,能像欧洲人一样自行成为大尉,并且能坚持自己的事业。

也许我还梦想过许多事,但是所有这些梦想,都像我后来所说的,是先期的梦想。我们大家都得承认,生活中有一些期限是不依我们本人为转移的;你无论怎样努力,无论怎样才高智足,条件未成熟,期限没有到,你的锦绣未来不过是空中楼阁罢了。我只感觉到,我只知道一件事,那就是我的生命之根人参是在某处生长着,我是会等到我的期限的。

一三

　　夏天里又炎热又潮湿。夜间到处是点点流萤。早晨硕大的蜘蛛在灌木丛和青草上结网：你要进原始森林，须得带一根木棍，清除身前的蜘蛛网。如果哪一天早晨出了太阳，那么在一个钟头之内你便会原谅几个星期不散的雾了。那时每一张蜘蛛网，在如此潮湿的天气里，必定缀满了微小的、一颗挨着一颗的水珠，宛若一件奇美的珍珠织品。有一次在这样的时刻，母鹿来到我休息的那块石头旁边，它被徐徐的轻风所骗，使我能躺在石头上观察鹿的生活中的一件大事。只见一只幼鹿生了下来，也同母亲一样满身斑点，这些斑点在斑驳的光影之间把母鹿和幼鹿隐匿起来，使人从旁边走过也会毫不发觉。幼鹿刚生下来不会站立，母亲躺着折腾了半天，才把奶子准确地送到它的头部，并且悄悄地暗示给它。过了好一阵，幼鹿才明白，吸吮起来。母鹿觉得它够有劲了，自己站了起来，幼鹿也跟着站起来，并试试站着吃奶，不过腿还是软得很，晃了一晃，又躺了下去，那时母鹿也躺下去，但不再送奶子过去了：现在幼鹿自己知道了。这时我忍不住想咳嗽，我无论怎样控制，无论怎样闭紧了嘴，一声憋着的咳嗽，母鹿还是听见了，不免同我的目光相遇，转瞬间不及尖叫一声，就跑不见了。母亲的恐惧传染给了小鹿，但小鹿当然不会跑，只是紧贴在地上，算是藏起来。我觉得，如果事先我不知道，我是不可能看清它的。它想隐蔽起来，躲开敌人的眼睛，不受注意，但它仿佛相信自己的身子不能伸展似的，当我抱它起来的时候，它依然蜷缩着。我像放一件东西一样，把它放了回去，我留下它，觉得可惜，可是我和卢文又没有母牛，卢文不喝牛奶，他说："要是喝牛奶，该认母牛做妈妈了。"但是从这一次对未来有用的经历中，我得出了一个兴办我们事业的重要主意：将来我们养母牛时，可以趁母鹿生育期间，带着莱巴到原始森林中去，我们是不难找到这样惊呆了的幼鹿的;由这种幼鹿培养出来的鹿,大概可以完全成为家畜。

当母鹿生育、公鹿长鹿茸的时候,母鹿和公鹿都慢慢有了一件同样要操心的事:母鹿关心它的幼鹿,公鹿关心它的敏感娇嫩的鹿茸,这鹿茸只要稍稍一碰,便会变成一块血糕。灰眼睛的鹿茸显然比别的鹿长得快,一天早上,卢文把这副鹿茸看了至少一个钟头,说道:

"今天我们的要割了!"

我们开始准备做这件重大而冒险的事:据卢文说,灰眼睛的鹿茸至少值一千日元的药!但是主要的不是在药,而是在鹿本身:要是不得手的话,受惊的鹿是不顾什么障碍的,它不仅会把鹿茸变为红糕,而且会折断自己的腿,死活要把障碍冲破。我们又没有可以请教的人。卢文自己以前割鹿茸用的是既野蛮又冒险的方法:中国人干脆把鹿捆起来放倒。

我们动手做这件极为冒险的事,把所有的鹿都放到院子里去,单栏里只留下一只灰眼睛。现在如果把它从单栏里放出来,它在过道里只有一条路可走,就是进入鹿茸切割机;过道里的另一头出路挂上了活动挡板,挡住了。这挡板上有一个孔,卢文站在挡板后面,从孔里看我打开单栏,放出鹿,接着,我走到过道的另一头去,像他一样藏在隐蔽物的后面。我也像卢文那样从孔里看着,手里握着杠杆的把儿:只要鹿走进切割机,我便按一下杠杆,使鹿陷落下去,两边包着软席的木板就会把它的肚子托住,让它四脚悬空,不住乱晃。但是要做到这一步实在不容易。灰眼睛走出单栏以后,一动不动地立在昏暗的过道中:它平常出到院子里去的那个地方,现在被挡板堵住了,而朝不熟悉的另一个方向走,它又很不愿意。怎么办呢?那时卢文开始轻轻地按住挡板,把它向前推。灰眼睛犹豫不决——是去危险的方向呢,还是朝挡板冲去,把它冲毁,也许连自己也一齐毁掉。挡板渐渐近了,那后面传出熟悉的亲切的声音:

"米什卡,米什卡!"

卢文总是把所有的鹿都同样叫作米什卡。

灰眼睛平静下来,决定小心地朝危险的方向走去。它走了一阵,停下来。

卢文继续推挡板,灰眼睛再走几步,愈来愈接近那脚下地板突然会落空的地方。最令人担心的是,它可别到了切割机跟前时识破我们的圈套。它还有一条出路,干脆躺在地板上,那时我们就几乎毫无办法了,因为硬捉是不行的:它只要纵身一跳,便什么都完了。这时候一片寂静,唯有滑轮微微发出吱吱声。眼看灰眼睛只有躺倒或者冒险这一招了。可是它的前蹄已踩到活动地板上,挡板这就朝它逼近,猛推了过去。我压了一下杠杆,只听见一个东西轰隆一响,说时迟那时快,卢文打开挡板的小门,扑向切割机,为了保险起见一屁股坐在被两块侧板夹住的鹿身上。这时我走了出来,掀开切割机的盖子,把已经无能为力的公鹿的头拴在撑着箱壁的板条上。割鹿茸是极痛苦的,血从手底下喷射出来,不过痛苦只有一刹那的工夫。年轻的鹿会大声乱叫,惊惧地翻着白眼,但是高傲的老鹿往往不动声色。眼前的灰眼睛就真了不起:已经处于可怕的境地,四腿悬空乱晃,根本没有东西可以凭靠,没有东西可以踩,这野鹿一切都完了,而且肚子两边被什么东西紧紧夹住,背上坐着一个人,另一个人在切它的生活的乐趣——鹿茸,这无异于当着母亲的面杀孩子——即使处于这样的境地,灰眼睛不仅不叫一声,而且连眼睛也不动一下。我看着这个鹿王的榜样,暗暗把如此举动当作理想而永志不忘:我亲眼看见并且明白,如果自己能保持尊严,那么就不会有失去尊严的境况了。

割完鹿茸,我解开了鹿的头。卢文跳了下来。我按了按可把侧板放下的杠杆,鹿跌到坑底上,有了落脚点,于是就像炮弹似的,从坑底飞出到院子里。我们在总食槽里倒上大豆,不出十分钟,灰眼睛已不觉疼痛,同其他的鹿在一起,头上无角,嚼起大豆来,我完成了一件难事,万分高兴,不禁拥抱了我的卢文,而他这个上了年岁的人,竟激动得流下了喜泪。

正当我们欢庆胜利的时候,一个可怕的灾难悄悄来到了,那是一只身上有条纹、样子极像松鼠、名叫金花鼠的小畜生造成的。这儿到处都有金花鼠,多得不得了,有一只每天都在我们食糟底下捡大豆吃,我本来是毫不在意的,不想出事了。原来花鹿的一只蹄子旁边有一颗大豆,金花鼠跑过去捡,正好这时候花鹿挪动蹄子,无意间把金花鼠的尾巴压在地上,这个牙齿尖利的家伙自然不肯罢休，一口咬住花鹿的腿，花鹿吓了一跳，看了看，不知就产生了什么错觉。好比在挤得水泄不通的剧场里，只要有谁喊一声"起火啦"，人们就会跟兽类完全一样，感到生命危险，除了自己以外什么都不记得，拔腿乱跑，花鹿看到自己腿上的长尾巴鬼以后所产生的恐惧，转瞬间传给了所有的鹿，它们一个个都有七普特重，加在一起成了五十普特重的力量，驾着腿脚拼命飞奔，不消说，一下子就把篱笆冲了个粉碎，而它们本身全都获得了自由。篱笆倒下的哗啦声，身上碰成的伤，撞在篱笆上的疼痛——所有这一切，花鹿大概都以为是它腿上那个有条纹的鬼在恣意作祟了。它猛奔着，使劲张开白餐巾似的尾部的白毛，给其他的鹿指路，所有的鹿都跟着它跑，每一只前面的鹿都给跟着跑的一只亮起自己的餐巾，而在它们全体的后面，那个看不见的有条纹的鬼金花鼠，还在催促着它们，紧追不放。

我真是失魂落魄了，一个人会失魂落魄到什么地步啊！我跑到山上去找鹿，仿佛那些受了惊吓的野兽是可以找到的。我哪儿都找过了，哪儿都不见，但是到了傍晚，在苍茫暮色中，我突然看见它们都在高高的山岩上。我把脸转向另一边，看见在另一个山岩上也有鹿，到处都有鹿，在我们峡谷的斜坡上也都是鹿，鹿。我几乎发疯了，整整一宿，好心的卢文怎么都不能使我平静下来。

一四

　　为了治疗各种挫折和恶劣情绪，我曾想出一个可靠的方法，就是在黎明前的时刻从小房子里走出去，靠在什么硬物上，聚精会神地思索：我的生命之根在生长，为此需要有一段时期，所以不能遇到任何不幸都气馁，永远要把不幸当作不可避免的遭遇来对待，并且想想我喜获成就的日期早晚必定会到来。我觉得，我每天这样磨炼，在心中培养起了坚强的意志，使自己今后永远不会在遇到不幸时脆弱不堪，丢尽脸面。可是同现实发生初次重大冲突时，我那想得很妙、但是未经充分验证的方法却背叛了我，使我失魂落魄，以致把人参都忘在九霄云外了。

　　在梅花鹿饲养场的废墟上，我同莱巴坐在一起，不时吹着召鹿的哨子。我心里想，如果我是个有点迷信的人，想用某种不可思议、莫名其妙的原因来为自己解释简单明了、但是颇难忍受的事情的话，那时我就可能会想到花鹿是以美色诱惑我的女妖：它在我的眼前变为美丽的女人，当我爱上她的时候，却突然消失了。而当我好不容易终于恢复了常态，以男子的魄力扩大了魔圈的时候，又是那个花鹿竟突然把这一切都破坏无遗。到头来竟还跑出一只有条纹的魔鬼金花鼠来。如此说来，从十分久远的时代起，人身上这件迷信的护身衣就愈来愈厚：女妖和魔鬼变化无穷，花样百出，只有孩子们才是天真无邪的……

　　在生活的波澜平静以后，我的悲伤的脑海中萦回着许多诸如此类的情绪。山那边还没有新的波澜涌来。莱巴早已在不无蹊跷地时时朝后面看，又看看我，仿佛那后面有什么普普通通、不屑一顾的事，但是毕竟有点异样，有什么事的样子。不知为什么，我没有去理会这条狗的默默的提示，只是闷闷不乐地想自己的心事，直到我的身后发出了明显的沙沙声，这才回头一看……原来就在我的身后，竟站着花鹿和小米沙，吃着混乱中撒在地上的大豆。真是叫我喜出望外！但是且慢！那金花鼠，而且不是一只，有大大小小五只，这些身上有条纹的鬼，也在专心吃着大豆，我生平不知有多少次，正要借助于高妙的解释和神秘而遥远的力量，来理解和减轻自己的不幸时，不料生活本身却突然在你面前展现开来，它把自己当作一份厚礼赠送给它所宠爱的你，使你简直如痴如醉，又笑又叫，胡子上沾满蜜糖，尾巴翘得老高。我永远也忘不了那个时刻：太阳从雾霭中露出来，整张挂着露水的蜘蛛网闪出钻石和珍珠的光芒，眼前又有多少花，何等美丽啊！有缀满珍珠的杜鹃花，有戴着镶金刚石的帽子的百合花，那织工还用银丝捉来一朵白色娇嫩的火绒草，让它也来一起创造清晨的欢乐。珠宝如此丰富，只有在阿拉伯的天方夜谭中才能遇到，但是即使阿拉伯人的神奇想象力，也创造不出像我这样富有、这样幸福的哈里发。

人的身上蕴藏着何等深邃的处女地，何等无穷尽的创造力啊，有何其多的不幸者来了又去了，却不曾了解自己的人参，没能在自己的内心打开这力量、勇敢、欢乐、幸福的源泉！而我，我曾有过多少鹿，而且它们何等可爱啊！只要想想灰眼睛在刀下的那种表现！但是所有那些鹿曾经给予我的欢欣，难道可以同唯有花鹿归来时的狂喜相比吗？以为我现在明白，我可以靠花鹿捉回许多鹿，所以如此狂喜，本来也是可能的。但是不！我之狂喜，是因为同鹿的分离，分明向我自己揭示，我在这番事业中倾注了多少心血；我之狂喜，是因为我现在可以重新开始我的非常美好的建设。我这就同卢文兴高采烈地迅速重做篱笆，加高加固，使鹿再也跳不过去，它们即便一齐来推也推不倒。现在我渐渐明白了，花鹿听到召鹿的哨子声以后，从原始野林中返回，这对我的事业说来，意义比拥有不见了的全部公鹿大得多。我现在不用冒任何险，每天不停地做实验：早晨放花鹿到野外的草场去，傍晚用召鹿的哨子把它从那儿召回来。此外，每次召回时，给它和小米沙吃点什么精制的美食，因此我竟达到了这样的目的：在白天里的任何时刻，只要我一吹鹿哨，它便从小山上迅速地一路跑回养鹿场来。

时间慢慢地又快到秋季发情期了，有一天我无意间突然想到，我应该采取什么行动，使自己那些鹿回来，也许还能弄来新的鹿。有一回，在鹰窝对面的小山上，来了一小群母鹿，那长着巨大骨化角的摇摆鹿也不知为什么夹杂其中。这是早秋时分，连马鹿都还没有叫唤，但是动物当然也像人一样，其中常有浪荡子。看来我这一只为了实验而特意喂养的鹿，提前浪荡了起来，不过，对那些按时间来说还完全保持童贞的母鹿，摇摆鹿也许曾一味去纠缠而总是没有得手。我隐蔽起来观察摇摆鹿，等它来到小山后面的时候，悄悄地打开养鹿场的大门，布置好拉门捉鹿的绳子，把花鹿放出去玩。花鹿高高兴兴跑到鹿群那儿去，摇摆鹿恰好发现了它，跑到它跟前迎接它。它们两个在养鹿场中所过的那一段对鹿说来不平常的生活中，彼此可能已有某种友好关系。但是花鹿让这肥胖的公鹿嗅自己，只许到一定限度，一过了限度，它便离开，藏到母鹿群中去了。过了一个钟头光景，它把摇摆鹿忘了，从鹿群中走了出来。它还不及离开鹿群，那公鹿又讨厌地缠了上去。那时花鹿没有别的办法，只好跑回群中去。我看准了这个最有利的时机，躺在石头后面的背风处，手里紧紧拿住绳头，吹起了召鹿的哨子。花鹿一听见，就拔腿飞奔而来；一点也没有错，公鹿也跟它飞奔而来。公鹿跑进大门的时候，不仅没有丝毫疑虑，而且连大门在它进来以后关上了，也并不回头，直至我露脸，它居然也毫无惶惑不安的样子。

我是多么焦急地等待着梅花鹿发情期的到来啊。渐渐地，葡萄叶绯红，小叶槭树像火一般燃烧起来，在一次不大的台风过后，一个安谧的星斗满天的夜里，严寒降临了，也像去年一样，就在这九月的夜里，在同一个方向，同一座山上，第一只马鹿叫唤了起来。

在每天肉眼可见的变化中，又过去了两个星期。葡萄成熟了。在一片发黄的草场上，被压服在地面上的死了的杜鹃花，远看去点点发红，就像在鹿角斗以后，整个草场上留下了斑斑残血。又在一个静得出奇的夜里，在黑魆魆的山脊上落着北斗星斗柄的那个地方，第一只鹿叫唤起来，另有一只鹿在回答它，好像回声一样，远处还有一个回声应和着这个回声。所有的母鹿到了某一天，都会在自己的足迹上开始留下使所有公鹿无比激动的气味；现在公鹿开始叫唤起来以后，我所最关心的事，便是不要错过花鹿的那一天。公鹿从远处闻到母鹿的气味，或者直接在自己前面的地上闻到气味以后，就会停止吃食，一边走，一边叫唤着寻找母鹿。公鹿嗅到了这足迹，会不惜为了母鹿进行殊死的角斗，但是母鹿自己在这一天却想玩耍，再没有别的：机灵的母鹿先主动同没有经验的或者迟钝的公鹿玩耍，而当公鹿心痒难挠，向它扑去的时候，它却飞也似的跑起来，仿佛要公鹿相信，这种交配期间的奔跑，是母鹿身上最美好、唯一珍贵之处。摇摆鹿已被我捉回，住在我这儿，我可以凭着它准确无误地知道花鹿的那一天，到时候花鹿将百般淘气，跑来跑去，但决不委身于因性欲发作而满身污秽的公鹿。

　　这样的一天终于来到了，那是在晚上，我看到了一些最初的迹象。我拿细绳子拴住花鹿，牵着它慢慢地顺一条非常熟悉的小路在雾山周围走动。月夜降临，到处都有叫唤声，有时不知从哪儿传来骨角相击的冷峭的咔嚓声。月夜里，鹿不知什么缘故并不怎么感到害怕，我常常就在身边一会儿见到鹿角，一会儿见到尾部的白毛。有时公鹿的叫声就在附近，不像从远处听来是在叫唤，而混有许多各种各样的声音，尽管这些声音也像最远处的叫唤声一样，全都只是在诉说痛苦，是悲伤的嘶鸣、呻吟、叫喊。我和花鹿在一起，觉得自己心中对于雄鹿那种近乎十分可恶的发情叫唤隐隐有一种敌意，但是在这些粗野的声音之中，却有一种天真地、几乎像童稚般地负屈含冤和温柔委婉地乞求同情的调子。我从人的角度推想，花鹿之所以理会公鹿的叫唤，只是因为公鹿无限痛苦而乞求同情，正是因为这一点，花鹿现在才准备同任何公鹿玩一玩，跑一跑。它常常停下来，侧耳细听，身上发着抖，在路上不免留下了自己的印记。亲切的微风拥抱着雾山，公鹿一嗅到花鹿，顿时停止了叫唤，顺风寻踪，不想它在渴求的踪迹旁边，还嗅到最可怕的野兽的踪迹，于是六神无主，举步不前，连叫唤也忘掉了。是的，它们是有一种嗅觉，这种嗅觉现在人是完全遗忘了。凭了那种如怨如诉的调子推断，在鹿的这种嗅觉中，像我们现在还有对于花的嗅觉一样，最初也会出现某种美的形象，尽管一瞬间还谈不上什么激情，而随后激情发作，单单在美中什么也没有得到的时候，在我们人来说，这就产生了音乐，而在它们，却发出了叫唤……

　　看来，许多公鹿从拥抱着雾山的微风中嗅到了花鹿，停止了呼唤，顺风寻踪，遇到人的可怕踪迹后，不安地收住脚步，在原地停留半天，然后又按迹寻踪，仍小心前行。

一五

　　黎明时分,天气寒冷。我把花鹿带进养鹿场,在大门上布置好机关,然后退到背风处,躲在石头后面,远眺一个接一个排列到雾山的小山包,期待那儿出现我所切盼的事。微寒的空中十分清澈,碧蓝的大海环抱着雾山,山上一棵棵镶着白霜花边的山芦苇衬着远处的碧水,越发显得婉约多姿。随着日光逐渐明丽,景色十分悦目,我内心仿佛因此而感到剧痛,假如稍稍再痛得厉害一点儿,我便也会像鹿一样,昂首叫唤起来。四周如此美好,却又感到似乎致命的剧痛,这从哪里说起呢? 或许,我像鹿一样,遇到美好之物时,盼望着什么愉快的事,无法如愿以偿后,才感到痛苦,所以也像鹿一样,几乎准备叫唤起来?

　　当各处景物清晰可见、烁烁有光的时候,雾山上鹿所走的斜径上,这儿那儿地出现了公鹿,远看去起初像苍蝇那么小,后来稍大一些,有一会儿工夫完全消失在山沟之间横向的峡谷里,接着又从第一个小山后面出现,然后又从第二个小山后面出现,终于有一只公鹿快爬上最后一个小山顶时,它的角从小山后面高高地升起来,看去好像是从地底下长出来似的。在鹰窝对面的小山上,立着一棵独无仅有的伞形松,经常跟台风搏斗,素有锻炼,浑身长满节子。这种节子是台风摧残的痕迹,每一个节子都支撑着生有深绿色细长针叶的得胜的树枝。树干本身也歪歪曲曲,但毕竟是得胜了的高树干,它的影子投射在点缀着斑斑如血的死杜鹃花的黄色草场上,一直伸展到长着浓密的青草和柞树丛的凹地里。那凹地像个小山沟,愈来愈深地一直通到大海,在凹地底上的乱石之间,有一条时隐时现的极小的小溪。就在这凹地里,现在有一群母鹿和小鹿在吃草;此外还有两只公鹿,毛色很黑,平平静静,不追求母鹿,不吃,不叫唤,一味凝立着,活像沉思中的修道士。小山后面有一只极大的鹿,向着山上那棵投下阴影的树走过来,神气十足,头上却没有角。这只威风凛凛一副鹿王神气的鹿给人以奇怪的印象,头上虽没有角,却有两个不大的疙瘩。不消说,这灰眼睛也顺着我的足迹从山上下来了,现在正从小山上居高临下直看着我们开着的大门。我打算像捉摇摆鹿一样把它捉回来,便悄悄地把门开大,安好绳子,并抚摩了一下花鹿同它告别,把它放了出去。它高高兴兴地走出去,不紧不慢地缓步走向凹地里的鹿群。但是灰眼睛明白,花鹿要是进了鹿群,是无法很快赶它出来的,于是伸直四腿飞也似的直奔花鹿,拦住它的去路,使它停了下来。灰眼睛原是一只十分漂亮的鹿,曾几何时,却变得浑身泥泞,肮脏不堪,肚子上的筋肉痉挛地收缩着,脖子因为不断叫唤而胀得很粗,眼睛里充血。花鹿一见这可怕的怪物,就朝那棵树跑去,灰眼睛紧紧跟上,两个都消失在小山后面。这时我拿起鹿哨吹了一阵,显然花鹿听见了,折回来,出现在一群母鹿和两个黑衣修道士所在的那个凹地的尽头上。要不是凹地上的灌木丛阻碍了它,它当然可以跑到我的身边,并且一定会把那公鹿也带来,可是它在灌木丛里稍一耽搁,灰眼睛就立时追上了它。

……灰眼睛这时候会不会像我们人一样,心里也有一种为特殊的嗅觉所造成的、有自然之美的鹿的形象呢?不,我以为它现在根本没有这种形象,在它面前的不是美,而是美好的愉快的生活。它像公牛似的引颈对空,可空中一点也闻不到什么。是的,常有这样的事:眼看就要如愿以偿,原来却是一场春梦!花鹿采取了唯一的解脱办法:卧倒在地,那时无论是美,还是美好的生活,一下子全都消失了。灰眼睛见到确实什么也没有,就昂首尖叫起来,然后又像倒回的汽笛声似的,从尖叫转为呼唤,声音愈来愈低,一而再、再而三地呼唤。在它的尖叫和呼唤之间,像所有公鹿一样,有一种如怨如诉的调子,正是这种调子,成了理解鹿的音乐起源的钥匙。我又想到了自己;不消说,我之感到剧痛,是因为我以前没能把美和美好的生活分开,一旦美好的生活突然消失,我心中的美感便和剧痛交织在一起了。

假如我在鹿的发情期以学者的身份,用正确的方法进行研究的话,那么我一开始便不会以自己的心情去理解鹿了。然而我自己在这荒凉地方也像任何动物一样受尽困苦，从这里我也就感到我同它们有亲缘关系，我可怜它们，我凭着亲缘理解它们：花鹿躺着，等待着险情过去，而灰眼睛站在它的上方，它尽管身为原始森林之王，却是一副凄凄惨惨、满腹委屈的模样，瘦得厉害。浑身泥泞，肮脏不堪，没有堂堂的鹿角，只有两个骨疙瘩。事情极为简单明了，保全自己的唯一办法是战斗！现在所有问题都归结为一点：有我没你，不是你死，就是我死……

凹地里的整群母鹿都来了，把它们的同胞花鹿团团围住，仿佛它们理解它，同情它。母鹿的主子灰眼睛站在那儿，等待着未来的美好的生活，寻找着同谁快一点厮杀一场。两个修道士，一个长着六个杈的角，另一个长着四个杈的角，死死地站着，连一步也不敢向前。也许它们明白，光凭角不顶事？也许它们见到自己的王没有角，还鼓不起勇气来？也许已经看见了山上顺着鹿道匆匆而来的黑脊梁、直角鹿、花花公子以及还有许多在历次战斗中经过考验的公鹿？黑脊梁不知为什么只管站在小山上的树旁边，不想走得更近；像往常一样，它心里有什么隐秘的事，仿佛此刻怀着某种毒计。在小山上的黑脊梁同凹地里作好厮杀准备的灰眼睛之间的陡坡上，有八只各不相同的、我完全不熟识的公鹿。说不定黑脊梁的计划就是让八只公鹿轮流去同灰眼睛角斗，等到灰眼睛把它们一个个都打败以后，黑脊梁再亲自出马去打疲倦了的灰眼睛，甚至干脆把它打死？

灰眼睛开头先皱起鼻子，朝着陡坡上第一个面向它的公鹿轻蔑地打了一个响鼻。往往这么一下，就足以令敌手逃跑了。但是那公鹿对于没有角的灰眼睛的警告毫不在意。灰眼睛吐出舌头歪在一边。那公鹿仍然站着，一点不示弱，也皱起了鼻子。这时原始森林之王就飞也似的奔过去，而那只不认识的公鹿非但不逃跑，竟还低下长角的头，往前稍稍移了移步。大概它还是一只年轻的好斗的鹿，不知道灰眼睛的厉害。灰眼睛用那骨头疙瘩照准它的脑门只一击，它便前腿一屈，倒了下去，接着灰眼睛又像所有遇到这种情形的角斗者一样，对准那公鹿心脏旁边的肋部狠命一击，用骨头疙瘩把肋骨撞断,使那断骨刺进了左肩胛骨下面的致命部位。勇敢的公鹿再也起不来了。那时灰眼睛向第二只鹿皱起鼻子,那只鹿就跑了;灰眼睛又伸出舌头,向第三只扑去,那一只也跑了,接着所有的鹿都跑了,直到只剩下一个黑脊梁;当灰眼睛向它皱起鼻子来的时候,它也皱起了鼻子,发起了攻势。

　　小山上离那棵独无仅有的树不远处,从前还有一棵树,现在只留下一个小桩子。敌对双方就在这树桩旁边会合,每一方大概都想利用树桩来作为前脚的支点。两个都蹬在树桩上,开始彼此顶额头,力图胜过对方。它们围绕着树桩顶了老半天,谁也胜不了谁,眼看着树桩周围的地面被蹄子刨出了一圈深坑。突然,树桩又被使劲一蹬以后,从脚下蹦跳了出来,远远地飞到一边去。于是两个角斗者就彼此倒在一起。正在这时候,花鹿蓦地从灌木丛中跑出来,为的是要摆脱花花公子。乘它撒腿飞奔的工夫,我吹起了召鹿的哨子。花鹿直冲我而来,花花公子跟在它的后面。两个角斗者也看到了花花公子,都奔跑起来,其他的鹿也都跟着跑,于是整个鹿群挤挤杂杂,都在我身边直奔了过去。当它们全都向着岬角尽头远远跑去的时候,我不仅关上了大门,甚至还把大门旁边的篱笆好好察看了一遍,甚至还来得及把一些不结实的地方稍稍修补了一下。

　　角斗正要结束的时候,我赶到了松崖,无论是我的来到,也无论是我朝天放枪,都已经来不及挽救两只好鹿了。灰眼睛和黑脊梁就在悬崖边上搏斗,悬崖下面满布着暗礁。假定灰眼睛有角的话,战斗当然早已结束了。它无角可挡,光脖子上就总是挨打。它出血过多,前腿一屈,倒了下去,血从嘴里像泉水一样流出来。黑脊梁照着它的肋部击去,刺进了它的心脏,但在这最后一刻,灰眼睛一跃而起,用尽最后的余力,猛然向黑脊梁攻击,使它招架不住,一趔趄跌倒,掉下悬崖,像一个皮球似的,从一块岩石跳到另一块岩石,飞落暗礁。灰眼睛还来得及从上往下看了看,也许它还来得及看到暗礁上长年汹涌的白花花浪涛已被染成鲜红颜色。接着,灰眼睛的身子也晃了晃,倒了下去。

　　周围一些山岩上传来了冷峭的骨碰骨的声音,嘶叫声和石头滚落的撞击声。现在所有那些鹿都是我的了。

一六

自从我依靠驯熟了的花鹿捉来许多公鹿，办起巨大的养鹿场以来，已经过去十年了。我的朋友没有来，我是一个人办的。又一年过去了，我依然是一个人，终日不得休息。又过一年……归期过去以后，怀念住在远处某地的故人，往往像回忆死去的人一样。想不到，您和友人的面貌都变得彼此无法辨认了的时候，两个人却有一天相逢了。这真可怕啊！您战栗了一下，脸色发白，细细琢磨对方被岁月刻下皱纹的面容，最后凭声音才认了出来。稍后，您和朋友回首往事，渐渐地无意识地仿佛饶恕了某人一般，心头变得十分轻松，于是一场盼望已久的会面终于如愿以偿：生的欢乐重新返回，令人亢奋，两个朋友觉得自己变成同过去一样年轻了。我就是这样理解生命之根人参的作用的。生命的根部力量往往如此之强，会使您在另一个人身上找到您所爱的、永远失去了的人，把新的人当作失去了的人一样来爱。这，我也认为是生命之根人参的作用。对于神秘之根的任何其他理解，我认为或者是迷信，或者不过是医学上的。是的，随着时间的流逝，一年，两年，朋友没有来，我开始忘记，并且终于完全忘记我自己的生命之根在原始森林中的某处不断地生长。我周围的一切都变了：祖苏河边的小村子成了个不大的市镇，各种各样人多极了。我常常为了重大的事情到莫斯科，到上海去。我在这些大城市的街头，比在原始森林里更频繁地回忆起我的人参。同所有为新文化而劳动的人在一起，我感到"生命之根"从大自然的原始森林里转到了我们的创作界；在我们艺术、科学和其他有益活动的原始森林里寻找生命之根的人，比在大自然的原始森林里寻找古代残余之根的人更接近于目标。

工作使我迷恋不舍，当然，这也使我可以排遣心头的忧伤。我终于熬过了男人的孤独。我们相逢了，彼此半天也找不到准确的字眼来诉说衷肠。这里曾有一棵树，台风和巨浪曾把状如漂亮小匣子的海胆送来挂在这棵树的枝杈上，她从前就是坐在这树上收集海胆的。现在祖苏河把许多沙子堆到这棵树上，只有凭了依稀可辨的痕迹，才能认出花鹿为我变成女人的那个地方。我们默默地伫立在岸上，在这大洋的白色花边的近旁，在地球的大运行期的缓缓进程中，跟海胆、小贝壳、海星一起，细听着我们人的钟摆的短促摆数。

山是倒塌得多么快啊！瞧那儿曾有一座峭壁，鹿、马鹿、貉本来都是从它下面走到海岸下咸水边去的，我们那时也挽着手跟野兽走同一条小路。现在台风把那座峭壁刮倒了，那小路便不得不从散乱的石头旁边绕了过去。在卢文那个糊纸窗的小房子所在的地方，现在是一个研究所，一座巨大的建筑物，开有宽敞的意大利式窗户。绵延数公里、切断整个雾山、布着铁丝网的大鹿场中，现在留下的老鹿已经不多了，但是花鹿还活着，自由自在地到处溜达，就像家养的动物一样。

我们走到了一棵大雪松下面卢文的坟墓跟前。中国人在树上抠出一个佛龛，以便做他们的仪式，焚烧纸烛。此刻，我讲到对我十分亲热厚密的人的时候，突然想起了我那长在离歌谷不远某处的生命之根人参。我们现在为什么不可以为了好奇心到那儿去，看一看人参呢？于是我们两人就去重新寻找一度已经找到过的生命之根。

不消说，我早已忘记卢文留下的记号了，只知道要到歌谷去，须得经过七峰沟，进入第三条狗熊峡谷。我们走过这条沟，沿峡谷登上最高处。歌谷里一切依旧，还是那些稀疏的巨大的树木，其间有颇大的透光的空隙，绿荫间鸟声婉转。但是当我们从歌谷沿着古老的阶地向下进入密林的时候，我糊涂了。我们前前后后转了老半天，想找到我曾经跟卢文默默地长时间坐过的那个地方。

有多少次了，我在夜里比在白天还更容易找到遗忘了的地方，岂止如此，我还能在自己心中搜索到当时给自己提出的问题，而突然闻到一阵特别强烈的蘑菇清香以后，更会随之想到，这个问题正是在闻到这种香味的时候产生的,而且就该是在这儿的什么地方;这当儿,再把自己周围看仔细一点儿,便可以回想起那地方来了。此刻也是这样,在我们终于摸索着来到无可怀疑的地方,不再彼此悄悄说话以后,突然从小溪里发出了声音:

"说吧,说吧,说吧!"

这时歌谷里的所有音乐家,所有活的东西都演奏起来,歌唱起来,形成了一片活跃的宁静气氛,小溪里不断叫喊:

"说吧,说吧,说吧!"

后来我又见到了野苹果树,我以前曾同卢文踩着它的树干走到小溪的对岸去。我把一切的细枝末节都回想起来了。在我们当时跪下来,他祈祷,我想心事的地方,我们现在也停下来,小心地用手扒拉着喜阴的青草。我们兴兴头头、满心激动地干着,我们之间有点紧张的关系也就消失了,我们开始迅速地贴近起来。蓦地,我们看到了人参!接着,我花了半天工夫,用雪松树皮做了一个小匣子,完全同我以前从满族人那儿看到的一个样,然后我们一块儿用韧皮将雪松树皮匣子缝好。为了不损伤一根鬚子,我们挖人参时小心翼翼,等到挖出来一看,竟很像我当时从满族人那儿看到的一样:是一副裸体人的模样,有手有脚,手上也有鬚,好像指头,还有脖子,有头,头上有辫子。我们在匣子里撒上人参的原生土,万分谨慎地把人参放好,再回到我和卢文以前坐过的地方,一边欣赏那一片活跃的宁静气氛,一边默默地各想各的心事。不过现在我们无法只管这样默默地久坐了,小溪里又喊起来:

"说吧,说吧,说吧!"

歌谷里的音乐家们一演奏起来,我们彼此的心也就完全沟通了。

我本来是不想把话说明的,但是既然要说,那就说到底吧。这次来到我身边的不是那个女人,但我要说:生命之根的效力之大,使我凭着它找到了我的自身,并且爱上了另一个像我青年时代所渴望的女人。是的,我觉得生命之根的创造力就在于此:人可以脱离自身,却在另一个身上显露出来。

现在我有着永远使我迷恋的、自己所兴办的事业,对此我仿佛觉得我们这些具备知识、对于爱有着现代的、特别迫切的需求的人,又返回去做我们野蛮祖先在人类文明初期所做的同一件事:驯养野生动物。我每天寻找各种理由,把现代知识的方法同我从卢文那儿接受来的热切关注的心力结合起来。这么一来,我自然有了着迷的事。我有像朋友一样的妻子和可爱的孩子。如果看看别人过的日子,我可以把自己叫作世界上最幸福的一个人。但是我再重复一遍:既然要说,那就说到底吧! 我的生活中有一件小事,尽管从旁看来对于我的生活总进程没有任何影响,但是我有时觉得这件小事跟鹿换角似的,同样是创造生活的出发点。每年雾霭弥漫的春天,当鹿更换老死的骨化角的时候,我也像鹿一样,总要发生一种更新现象。有好几天工夫,我既不能在实验室,也不能在图书馆工作,在我幸福的家庭里也不得休息和安宁。一种盲目的力量,伴随着剧痛和忧伤,把我赶出家门,使我踟蹰在森林里和山上,最后免不了又来到那块岩石上,那岩石的无数缝隙像泪囊一样渗着水,不断形成大颗大颗的水滴,仿佛这岩石永远在哭泣。我分明知道,这不是人,而是石头,石头是没有感情的,可是我跟它心心相通,我听见它也在心跳,于是我回想起往事,完全变得同青年时代一样。在我的眼前,花鹿把一只蹄子伸进了葡萄帐。过去的一切及其万千痛苦都重现了,我好像根本不曾有过此后的一段经历一样,大声对我真挚的朋友石头之心说:

"猎人啊猎人,你那时候为什么不把它的蹄子抓住呢!"

仿佛在这些病态的日子里,我从自己身上舍弃了一切创造的东西,像鹿舍弃它的角一样,然后回到实验室里,家里,重新开始工作,跟其他无名的和知名的劳动者一起,渐渐进入创造人世间更加美好的新生活的黎明前时刻。

叶
芹
草

荒　野

在荒野里,人们只是沉浸在自己的思绪中;人怕呆在荒野里,就是因为怕独自静处。

荒　野

这是很久很久以前的事情了,但是我还没有忘掉;当我还活着的时候,我也不想忘掉。在那久远的"契诃夫"时代,我们两个农艺师,彼此几乎是不相识的,为了播种牧草的事情,同乘一辆小马车,到古老的沃洛科拉姆斯克县去。途中我们遇到一大片望不到尽头的含蜜的叶芹草,青翠欲滴,草花盛开。在晴朗的日子里,在我们莫斯科近郊妩媚的自然界中,这片鲜艳夺目的花的原野,蔚然成为奇观。仿佛是青鸟们从远方飞来,在这儿宿了夜,飞走之后,留下的这片青色的原野。在这片含蜜的青草丛中,我想,现在该有多少虫儿在争鸣啊。但是,马车在干硬的道路上发出轰隆声,令人什么也听不见。被这大地的魅力迷住了的我,把播种牧草的事情,早抛在九霄云外了,一心只想听听花丛中虫儿的鸣声,于是我请求旅伴把马儿勒住。

我们停了多少时候,我在那儿跟青鸟相处了多少时候,我说不上来。只记得我的心灵随着蜜蜂儿一起飞旋了一阵之后,便向那位农艺师转过头去,请他赶车上路;这当儿,我才发觉,这位面团团、貌不出众、饱经风霜的胖子,正在观察我,惊讶地打量我。

"我们干吗要停留?"他问道。

"不为别的,"我答道,"我是想听听蜜蜂的声音。"

农艺师赶起了车。于是我也从旁边观察起他来,我发觉他有点儿异常。待我再瞥他一两眼后,我就完全明白,这位极端崇尚实务的人,也若有所思起来了,也许是由于我的影响,他已经领略到这叶芹草花儿的魅力了吧。

他的沉默叫我很不自在。我拿闲话来问他,想打破这场沉默,但他对我的问话毫不在意。仿佛我对大自然所抱的一种非务实的态度,也许竟是我那略带稚气的青春,触动了他,使他也想起自己的黄金时代,在那黄金时代里,每个人都几乎是诗人。

为了使这位红脸膛、大后脑勺的胖子回到现实生活中来,我向他提出了当时十分重要的实际问题。

"照我看来,"我说,"没有合作社的支持,我们播种牧草的宣传,只是一场空谈而已。"

他却问道:"您可曾有过自己的叶芹草?"

"您问什么?"我摸不着头脑。

"我问的是,"他重复说,"有过她吗?"

我明白了,于是像一个男子所应有的那样答复他:我当然是有过的,这是不消说的……

"她来了吗?"他继续盘问道。

"是的,来了……"

"哪儿去了呢?"

我感到痛苦。我什么也没有说,只是微微地摊开两手,表示她现在没有了,早已不见了。之后,我想了想,又说起叶芹草:

"仿佛是青鸟宿了夜,留下些青色的羽毛罢了。"

他半晌不语,沉思地凝视着我,然后自己得出了结论:

"这么说,她是再也不来了。"

他环顾了一下那遍地青青的叶芹草,接着又说:

"青鸟飞过,留在原野上的也只能是青色的羽毛呵。"

我觉得,他好像在用力,再用力,终于在我的坟墓上堵上了墓石:我还一直在等着呢,现在可仿佛永远完结了,她永远不会来了。

突然,他倒号啕大哭起来了。这时,在我的眼里,他那大后脑勺,那肥厚的下巴,那由于脸胖而显得细小的狡黠的眼睛,似乎都不存在了。于是我怜悯他,怜悯他在生命力勃发时的整个身心。我想对他说几句安慰的话,我接过了缰绳,把马车赶到水边,浸湿了手帕,给他擦脸,让他清醒清醒。他很快就平复了,擦干了眼泪,重新拿起了缰绳,我们照旧前行。

过了一会儿,我又对他说起播种牧草的事情,我说,没有合作社的支持,我们根本没法说服农民进行三叶草轮作。我这种看法,我当时觉得是很独到的。

"可曾度过美好的夜晚吗?"他问道,对我有关工作的话题置之不理。

"当然度过的。"作为一个男子汉,我直言不讳地回答他。

他又沉思起来了,接着——好一个折磨人的家伙!——又问道:

"怎么的,只有一夜吗?"

我厌烦了,几乎生起气来,好容易控制住自己,拿普希金的名言来回答他那一夜或两夜的问题:

"整个生命就只是一夜或者两夜。"

青色的羽毛

在一些向阳的白桦树上,出现了金黄色的荑荑花序,姿色奇丽,灼灼动人。在另一些树上,幼芽刚刚吐露。还有一些树上,幼芽已经开放,宛若对世上一切都感到惊讶的小青鸟一般伫立枝头。它们散落在细嫩的枝杈上,你看这边,还有那边……对我们人类说来,这不仅仅是幼芽,而是稍纵即逝的瞬间。而且千万人中,只有一个站在前列的幸运儿,才来得及敢伸手去攀折。

一只黑星黄粉蝶停落在越橘上,将翅膀叠成一片小树叶的样子:在太阳没有把它晒暖以前,它是不飞的,而且也不能飞,它竟然根本不想逃脱我向它伸过去的手指。

一只黑蛾,翅膀上镶着一圈白色的细边,这是松毒蛾。它昏迷在冰凉的露水中,没等到晨曦来临,不知怎的,像铁制的一样跌落到地上了。

有谁见过草地上的冰是怎样在太阳光下消逝的吗?曾有一泓清水,凭它遗留在草地上的垃圾来判断,昨天还是水量充沛的。夜来天气暖和,水几乎全部流走,汇集到大水溜中去了。唯有残留的水痕,被凌晨的严寒逮住,给草地做了花边。一会儿,太阳把这些花边全扯得粉碎,一粒粒冰屑消逝了,化成了金色的水珠,滴落在泥土上。

昨天,稠李开花了,城里人纷纷到树林里去折那开白花的细枝。我认得树林里的一棵稠李,它为自己的生存斗争了多年,尽力往高里长,好避开采花人的手。事情居然成功了,如今那树身光秃秃的,煞像棕榈树,没有一根枝丫,这样,人就无法攀登了,但见树梢头上,开满了白花。另一棵就不行了,憔悴了,它身上现在只剩下几根突兀的粗枝。

常有这样的事情:一个人百般怀恋另一个人,但缺少结成知心的机缘,怀恋终归落了空。人生遭遇了这种遗憾事,便无论从事什么学问都不能满足了,不管天文、化学、艺术或者音乐,都是一样,因为这时候世界已截然分为内心世界和外在世界了……可不是常有这样的事情吗:由于人情浇薄,有人将整个内心生活都寄托在一条狗的身上,于是这条狗的生命,就比物理上任何最伟大的发明都更具有无限现实的意义,尽管那发明可望将来给人类带来不花钱的粮食。至于把自己全部感情寄托在一条狗身上的人,有没有过错呢?不用说,是有过错的。但是,由于我青年时代有过青鸟——我的叶芹草,至今我心中还保存着青色的羽毛啊!

乌云笼罩的河

夜里,我心中产生了一个含糊的想法,我走出户外,从河身上看清了自己的想法。

昨夜,长空万里,这条河和星辰、和整个宇宙相呼应。今宵,天色朦胧,河被乌云罩住了,像盖上了一条被子,不再和宇宙相呼应了——不再相呼应了!我由此在河里看清了自己的想法:我如果不能和整个宇宙相呼应,我也像河一样,是没有过错的,因为我对于失去了的叶芹草的思念,犹如一道黑纱,把我和宇宙隔绝了。我看这条河也正是这样,在乌云笼罩下,它是不能和万物相呼应的,然而,河毕竟还是河,河水在黑夜里闪闪有光,川流不息。河里的鱼儿,在乌云笼罩的昏暗中,感到大自然的温暖,不时拍溅起水花,比昨夜满天星斗、寒气逼人时拍溅得更为有力,更为响亮。

别　离

多么美好的早晨啊:露珠闪烁,蘑菇遍地,小鸟儿在歌唱……只可惜时令已交秋天了,小白桦呈现了黄色,白杨树在抖动着叶子,喃喃细语着:"诗无所凭依了:露水要干涸,小鸟儿会飞走,茁壮的蘑菇终归要腐朽……诗无所凭依了……"我也得分受这个别离,跟黄叶一同飘得不知去向。

求偶飞行

在这本该是山鹬求偶飞行的时日里,一切都很美好,但是山鹬没有飞来。我沉浸在回忆之中:现在没有飞来的是山鹬,而在那遥远的过去,没有来的却是她。她是爱我的,但是她觉得,爱还不足以充分报答我对她的激情。所以她没有来。我也从此脱离了这"求偶飞行",永远不再见到她了。

此刻是如此美妙的黄昏,百鸟争鸣,万类俱在,唯独山鹬不曾飞来。两股水流在小河中相遇,发出拍溅声,随即又归于沉寂了,河水依旧沿着春天的草原缓缓地流动。

后来,我发觉自己在寻思:由于她没有来,我一生的幸福却降临了。原来她的形象,随着岁月的流逝逐渐消失了,但留在我心中的感情,使我永远去寻找她的形象,却又总是找不到,尽管我热切地关注着普天下的万象。于是,普天下的一切,都像是人的面孔似的映现在她一个人的面孔上,而这副宽阔无边的面孔的姿容,就足够我一辈子欣赏不尽,而且每逢春天,总有一些新的美色映入我的眼帘。我是幸福的,唯一觉得美中不足之处,是没有让大家都像我一样地幸福。

我的文学生涯所以不衰的原因,正是在于我的文学生涯就是我自己的生命。我觉得,任何人都能够做到像我一样:且试看吧,忘掉你在情场上的失意事,把感情移注到字里行间,你一定会受到读者的喜爱的。

此刻我还在想:幸福完全不依赖于她之来或不来,幸福仅仅依赖于爱情,依赖于有没有爱情,爱情本身就是幸福,而这爱情是和"才情"分不开的。

就这样我一直想到了天黑,突然我明白了:山鹬再也不会来了。于是一阵刀割似的剧痛刺穿了我的心,我低声自语道:"猎人啊猎人,那时候你为什么不把她留住呢!"

阿里莎的问话

在那个女人离开了我之后,阿里莎问道:

"她的丈夫是谁啊?"

"不知道,"我说,"没有问过。管她丈夫是谁呢,对于我们还不都是一样嘛。"

"怎么能'都是一样'呢,"阿里莎说,"您跟她常来常往,谈天说地,却不知道她的丈夫是谁。要是我,早就问了。"

又有一次,她来看望我,我想起了阿里莎的问话,但还是没有问她。我之所以没有问,是因为她在某一点上叫我喜欢,我猜度,必是她那双眼睛,使我回想起了我青年时代热恋过的美丽的叶芹草。不管怎样,总之她叫我喜欢的,也正是从前叶芹草叫我喜欢的一样:她没有唤起我内心想亲近她的念头,相反地,我对她的这种感情,迫使我全然不去注意她的日常生活。她的丈夫,她的家庭,她的住所,现在和我毫不相干。

她临走时,我觉得一天工作做累了,需要出去透透空气,或许还伴送她回家。我们走到户外,这时天气奇寒,黑幽幽的河水冷冰冰的,蒸汽的气流四处乱窜,河水旁边结冰的地方传来了窸窸窣窣的声音。河水显得令人可畏,简直是无底深渊,即便是决心要投河自尽的不幸者,看了这黑幽幽的深渊,也会回转家中,生起茶炊,额手称庆地喁喁自语道:

"投河,多么荒诞啊!那儿远不如这里,我宁可坐在家里喝茶呢。"

"您有大自然的感情吗?"我问我新的叶芹草。

"什么叫'大自然的感情'？"她反问道。

她是一个有教养的女人，关于大自然的感情，耳濡目染何止千百次。但是她的问话却如此直率，如此真诚，毫无疑问，她是当真不知道，什么叫作大自然的感情的。

"既然她——或者叫作我的这位叶芹草——就是'大自然'本身，那么她又怎能知道呢！"我想。

想到这一点，我感到惊讶。

怀着这种新的领悟，我不禁再一次想看看她那双可爱的眼睛，我要穿过它们，看到我那衷心爱慕、永保贞洁、而又不断孕育的'大自然'的内心。

无奈这时天已断黑，我那奔腾着的巨大的感情，遇上了黑暗，折回来了。我的另一种性灵，重新提出了阿里莎的那个问题。

这时候，我们行走在一座巨大的铁桥上，我正待开口，向我那叶芹草提出阿里莎的问题，忽听得身后传来了铁一般沉重的脚步声。我不想回转头去，看是哪一个巨人在铁桥上行走，因为我已经知道了他是谁：他是权威的化身，是惩罚我青年时代梦想破灭的人，现在那诗一般的梦想正再度来偷换我对人的真正的爱情。

当他和我走并肩时，他只轻轻将我一推，我就飞越桥栏，坠入了黑幽幽的深渊中。

我在床上清醒过来，我想道：阿里莎提的那个生活上的问题，并不像我所想的那样愚蠢。如果我在青年时代不用梦想来偷偷地替换了爱情，那我就不会失去我那叶芹草了，也不会在事隔多年的今天，还梦见黑幽幽的深渊了。

深　渊

要是有人说，深渊在引诱他，要他投进去的话，那也就是说，他，这个坚强的人，正站在深渊的边缘，抑制着自己。对于懦弱的人，深渊是无须于引诱的，而是把他抛到宁静而安谧的岸上去。

深渊，这是对一切生存者身上的力量——那无可替代的力量的考验。

岔路口

路标跟前有三条路伸展开去,顺着一、二、三条路走,尽管遭受的不幸不一样,但都同样是死路。幸好,我没有朝岔路那边走去,而是从那儿返回来了——对我说来,路标跟前的险路不是分叉,而是汇合起来了。我庆幸遇到了这根路标,在岔路口回想自己险些遭难,然后就顺着唯一可靠的道路返家。

水滴和石头

窗下地面的冰还很硬,但和煦的阳光照一会儿,挂在屋檐的冰锥便滴下水来。每一滴水在临死时发出"我!我!我!"的声音,它的生命只有一刹那的工夫。"我!"这是痛感无能为力而发出的悲声。

但是眼看地面上的冰已被水滴出了一个小坑;冰在融化,一直到化净了,屋檐上亮晶晶的水滴还在一声声叫着。

水滴落在石头上,清楚地发出"我!"的声音。石头又大又坚硬,也许还要在这儿卧上一千年,水滴却仅仅活一瞬间,这一瞬间,不过是痛感无能为力而已。然而"水滴石穿"的道理却是千古不变,那许多的"我"汇合成了"我们",力量之强,不仅能滴穿石头,有时还形成滚滚急流,竟把石头冲走。

留声机

失去了朋友,真叫人痛苦,连旁人也看出我心中的悲怆。我房东的妻子发觉以后,悄悄地问我,什么事使我这样伤心。我遇到了她这第一个深表同情的人,于是把叶芹草的事都告诉了她。

"我可以把您马上治好,"女房东说着,吩咐我把她的留声机拿到花园里去。那是林边空地，一丛丛的丁香正在开花。那儿还种有叶芹草，一片淡青色的花朵之间，蜜蜂在嗡嗡叫着。好心的女人拿来唱片，开动了留声机，当时的名歌手索皮诺夫就唱起了连斯基咏叹调。女房东兴奋地看着我，准备尽她所能帮助我。歌手的每一个词都浸透着爱情，饱含着叶芹草的蜜汁，散发着丁香的馨香。

从那以后许多年过去了。无论在哪儿，每当我听到连斯基咏叹调的时候，脑子里就免不了要回想起：蜜蜂，青色的叶芹草，丁香和女房东。当时我不明白，但如今我懂得了，她确实治好了我难治的心病，所以后来我周围的人看不起留声机，说它有小市民气的时候，我总是沉默不语。

生的欲望

来了一个伤心的人，自称是"读者"，请求我说一个可以救他性命的词儿。

"您是做文字工作的，"他说，"从您写的东西看来，您是知道这样的词儿的。您告诉我吧。"

我说我没有在心中储备这种专门用途的词儿，要是我知道，就说出来了。

他不愿意听任何解释的话，非要我痛痛快快说出来不可。他伤心得哭了。当他准备离去，在穿堂里看见自己那双包扎起来的长筒靴子的时候，哭得更厉害了。他解释说，在家里穿毡靴时，想起天气可能会解冻，于是就带了长筒靴子来了。

"这么说来，"他说，"我心里还保存着生的欲望，因为还想到可能有春天的解冻天气啊。"

当他说这话的时候，我猛然忆起，我自己当年也似这样期待着春天，来克制失去朋友的痛苦，后来我因此而得到了一些安慰的词儿。于是我心里高兴了起来：我知道安慰的词儿，而且曾经出现于我的笔底，只不过这读者不解其中味罢了。

那时我就想起了点什么，并且竭尽所能告诉了那个不认识的人。

歌德错了

我初次发现，黄鹂鸟能唱出不同的调子，于是想起了歌德的话，他说大自然所造之物是没有个性的，唯独人是有个性的。不，我以为只有人在创造精神珍品的同时，能创造绝无个性的机械，而在自然界，一切的一切，直至自然规律本身，都是有个性的：就连这些规律，也在活生生的大自然中变化着。所以连歌德的话也不都是对的。

结婚的日子

一个阳光明媚的静谧的早晨。拂晓的严寒把一切都收拾过了，使一切都干涸了，把有的地方巧为梳理，有的地方细加修剪，但是朝阳不消一会工夫，便把严寒在黎明前所做的事破坏无遗，使一切都动了起来，你瞧那太阳晒得较暖和的地方，青草叶尖上已冒出了小水泡。

我发现一棵树上已吐出了可爱的幼芽，幼芽头上有一撮毛。我不知道，也不愿知道那棵树叫什么名字，但是在这一瞬间，我似乎觉得我所度过的所有春天，都好像是一个春天，对它们的感觉也都是相同的了，而整个大自然，在我也好像是大白天做的结婚之梦了。

早春把我带回到一个日子，我所有的梦都是从这一日开始做的。我长久地觉得，我对大自然的这种敏锐的感觉，是我孩提时初次见到大自然所留下来的。但是现在我才完全明白，对于大自然的感觉本身，是始于我同一个人的相逢。

那是在遥远的青年时代，我身处异乡，脑子里初次想到，也许我得抛开爱慕叶芹草的一片深情。想到这一点，我一方面十分痛苦，手指一碰胸口，心里就痛，而另一方面，反倒有了我的快乐的大千世界。人类的劳动中有着美和快乐，看来，参加这种幸福的劳动，借以抹掉失去叶芹草的痛苦，是容易的。于是我回首往昔，认清了自己孩提时在大自然中的感受。漂泊异国，我的故乡想起来其美无比，也就是在这时，脑子里清楚地浮现出初次见到大自然时的情景，而那故乡的亲人也就显得格外美好了。

老　鼠

春汛时,一只老鼠在水中游了半天,寻找陆地。已经精疲力竭了,才终于发现一棵露出水面的灌木,爬到了它的顶上。这只老鼠本来像所有老鼠一样过日子,凡事照着做,活过来了。可是现在,它必须自己寻思活路。如血的残阳把它的脑门儿照得很亮,煞像人的前额,一双仿佛黑珠子似的平常的老鼠眼里,放射着红光,流露出一只为众所弃的老鼠的理智。一只老鼠来到世上不过是一次,它如果找不到生路,便会永远消逝;尽管新的老鼠一代又一代,却绝无可能再生出与此完全相同的老鼠来。

我年青时代的遭遇,也同这小老鼠相仿,不过我所遭到的不是大水,而是爱情没有得到报偿的剧痛。我那时失去了叶芹草,但在悲哀之中稍有所悟,等到心情平静下来以后,我就带着爱情的语言,来到人们中间,如同来到救命之岸一样。

白　桦

从腐草败叶的底下,冒出了绿色的东西,那是一片活的叶子,一棵活的草。它既然顺顺当当地活了过来,如今就要像肥料似的,转变为新的绿色的生命了。同腐草败叶做伴,想起来真可怕;受到大自然的如此对待,还能理解自己的价值,也实在不易。我只要选定或看中一种东西,无论那是一片叶子,一棵草,或者眼前的两棵不大的姐妹白桦树,在我的想象中,它们就如同我自己一样,不能同它们前辈所起的肥料作用相等同了。

我所选中的姐妹白桦树还不大,一人来高,就在旁边,长得像一棵树一样。当树叶和饱满如珠子的幼芽还没有开放的时候,这两棵交织在一起的白桦树的细枝,宛如一张细密的网,以蓝天为背景,整个儿显得清清楚楚。一连数年,在白桦树液运动期间,我欣赏着这张由活的树枝织成的精致的网,我注意那上面添了多少新枝,悉心研究这个极其复杂的生物的生命史,这树就像是由树干的专权所统一的一个国家。我在这两棵白桦树上发现许多奇异的东西,我常常想着不依赖我而生存的树,在我接近它的时候,我的心胸竟会开阔起来。

今天傍晚很冷,我情绪不大好。我从前猜测白桦树有"心灵",今天觉得那不过是美的呓语,都是因为我自己把白桦树诗化了,才以为它们有心灵。实际上根本没有……

天空没有一丝阴云,却有一滴水突然滴到我的脸上。我以为是有什么鸟儿飞过,便举目寻找,却哪儿也不见有鸟,倒又有一滴水从无云的天空滴到我的脸上。这时我发现,就是我站在下面的那棵白桦树,它的高处有一根细枝折断了,树液便从那儿滴到我的脸上。

于是我又兴奋了起来,又去想我那两棵白桦,同时回忆起了一个友人,他把他的恋人看成圣母玛利亚;但他同恋人较为接近后,却感到了失望,而把自己的感情称作性爱的抽象。我多次想起这件事,想法却每每不同,现在白桦树液又给我新的启示,去想那友人及其圣母玛利亚的事。

"有人不像我的友人那样做法,"我想着,"有人像我本人一样,可以根本不同自己的叶芹草分开,而把她装在心中,同时和大家一起做事,把恋情瞒着大家。可是只要有恋情,就会有'心灵'——无论是恋人,也无论是白桦,都莫不如此。"

今天傍晚,在几滴白桦树液影响下,我又发现我那两棵姐妹白桦树是有"心灵"的。

秋　叶

日出以前,初寒降临林中空地。且藏身在一边等着,瞧那空地上究竟会有什么情形!朦胧中,只见来了一些看不清的林中生物,后来整个空地铺上了一层白霜。朝阳揭晓,把霜一点点融化,在白色的地方,仍然还原为绿色。白霜消失,只在树木和土墩本身所投下的楔形的阴影里,还长久地留有那么一点白意。

从金黄色的树木之间看那蓝天之上,你真不明白是怎么回事。仿佛那是风儿在把树叶吹得飘飘悠悠，又像是小鸟儿成群结伙，在飞往温暖，遥远的异乡。

风——是个勤快的当家人。夏天里，它到处转悠，连在枝叶最稠密的地方也没有一片它不熟悉的叶子。转眼秋天到了，勤快的当家人正忙着秋收呢。

黄叶飘零，悄悄地说着永诀的话。它们向来如此：一旦离开了自己的天地，那就永别，死亡。

我又想起了叶芹草，我的心在这秋天的日子里也像在春天一样，充满了喜悦，我仿佛觉得：我像树叶似的离开了她，但是我不是树叶，我是人。也许我正需要这样做，因为，离开了她，失去了她，我跟整个人类世界也许就真正接近起来了。

当了俘虏的树

有一棵白桦树，以它顶层舒展的枝叶，像人的手掌一样，承接纷纷飘落的雪花，积起了厚厚的一层，使树梢弯了下来。不巧的是，到了解冻的天气，雪又下起来，旧雪添新雪，顶上树枝不胜负荷，便把整棵树弯成了弓形，直至树梢压根儿埋进了地面的积雪里，牢牢地一直到春天的来临。整个冬天，在这拱门之下，野兽通行，有时也有滑雪的人穿过。旁边一些高傲的云杉树，居高临下看着这棵压弯了的白桦，就像生来发号施令的人看着自己的下属。

春天，白桦恢复原状，和云杉伫立在一起。假如在下雪特多的冬天里它不曾被压弯，那么此后的冬天和夏天里它便可留在云杉中间，但是既已压弯过，那么现在只消不多雪，它便弯下身，直至年年都必定在小路上形成一个拱门。

在多雪的冬天，要进入年幼的树林是很可怕的，何况本来就进不去。夏天时有宽路可以行走的地方，现在路上却有压弯了的树挡着，而且弯得那么低，只有兔子才能从那下面穿过。但是我知道一个简单的妙法，可以在这样的路上行走而不必弯腰。我折一根结结实实的粗树枝，遇到弯树时，只消用这粗枝重重一击，积雪便形状各异地落下来，树一挺身，路也就让出来了。我这样慢慢地前进，不时以魔法般的一击，解放了许多树。

一缕活的烟

我回想起昨天夜里在莫斯科,一觉醒来,凭窗外一缕烟认出了时间:那是黎明前时分。不知从哪所房子哪一家的烟筒里,冒出烟来,在黑暗中依稀可辨,笔直的有如海市蜃楼中颤动不已的圆柱。眼前没有一个活的人,只有这活的烟,于是我的活的心也像这烟一样激动起来,在万籁俱寂中向上涌溢。我把额头贴在玻璃窗上,和这烟相对无言,度过了这黎明前的一段时光。

生存斗争

时序已到了小白桦把最后的黄叶撒落在云杉树上和入睡的蚂蚁窝上的时候了。在夕阳斜照中,我甚至看到小径上的针叶的闪光。我不停地在林中小径上走着,老是一边欣赏一边走着,我觉得森林像海洋,林边像海岸,林中空地像岛一样。在这个岛上,有几棵云杉紧挨着长在一起,我就坐在这云杉底下休息。原来,这些云杉顶上十分热闹。那儿结满了球果,松鼠,交喙鸟,想必还有许多我所不知道的生物,正在忙碌。云杉的底下却像房子的后门似的,一切都是阴森森的,树上球果壳时时飞下来。

如果能有一双慧眼观察生活,并且对于任何生物都抱同情态度的话,那么这儿就等于是一部引人入胜的书,可供阅读。就说交喙鸟和松鼠剥壳时掉下来的云杉球果的种子吧。最先,有这么一颗种子,落在白桦树下露出地面的树根之间。多亏了这白桦树给挡寒消暑,一棵小云杉长了出来。它的根在白桦树的外露的根之间扎下去,遇到了白桦的新根,被挡住去路以后,就长到白桦树根的上面来,绕了过去,扎入另一边的土中。现在这棵云杉已比白桦高了,它和白桦盘根错节地长在一起。

动

在漩涡旁边,是一片百花盛开的草地。我把自行车靠在树上,自己在一截圆木上坐下来;我活动了一阵以后,想静下来想事。但是既已活动过,失去了自制力,就半天也使唤不了脑子。所谓善于骑车,并不在于会转车把,而在于不管如何动,总能保持心静。要知道心愈静,便愈能看出和评断生活中的动。

大　河

歌德毫不含糊地说过,人在观察大自然的时候,会把他所谓最美好的东西从心中统统掏出来。但是也有这样的情形,一个心眼卑微的人,这卑微的心眼因家庭口角更显卑微,当这个人走到大河旁边,望望河水,他的心胸却开阔起来,宽恕了一切,这又是为什么呢?

牧　笛

天变得相当热了,但是朝露还很浓重,凉意侵人。牲口一早放出去,晌午就赶回来,免得被牛虻叮咬。牧笛有一种本事,它能传到每一户人家,也能飘进每一个睡眠中的灵魂。

今天那旋律传到了我的心中,我就想到我尽可以满足于过普普通通的生活。在这样的生活中,真正的幸福不是靠尽力追求而来,恰是你自己所过的生活的必然结果。而我之所以与人来往,是因为我想与人谈谈话,想同孩子们亲热亲热。无须用任何心计,也不必百般猜测,一切都自然得很:人所需要的是关心,而不是金钱。

可悲的想法

天气猛然转暖,彼嘉去捕鱼。他在泥炭湖里布上渔网捕鲫鱼时,发现渔网对面的岸上有十来棵一人来高的小白桦树。圆圆的夕阳已经西沉了。青蛙和夜莺不再鸣叫,"热带之夜"喧闹的万物都进入梦乡了。

不过良夜虽好,有时一个可悲的人会心生可悲的想法,害得自己无法享受热带之夜的清福。彼嘉暗自揣测,会不会像去年一样,有人盯他的梢,把他的渔网偷走了。天刚蒙蒙亮,他就跑了去,果然看见一帮人站在他布渔网的地方。他怒火中烧,一心要为渔网同那十几个人搏斗。他急奔了过去,却又突然收步,脸上露出了笑容,因为那不是人,而是十来棵小白桦,夜来穿上春装,恰似人一般站着。

Circulus vitiosus[①]

从前我曾纳闷,秃顶的人活着怎么不感到害臊,他们把秃顶边上一圈最后的长发梳得整整齐齐,甚至涂上什么油,抿得服服帖帖,这是哪儿来的嗜好,又是为了什么?秃顶的、大腹便便的、穿燕尾服的男人,面颊蜡黄、一身天鹅绒、钻石闪烁的老处女,他们怎么都好意思在世间露脸,好意思拿华贵的衣衫来打扮自己?二三十年过去了,我也不得不把头发向前梳了。有一回一个人掀开我的头发说:"您有这么高大的前额, 俊雅的秃顶, 为什么要盖住啊?"于是我渐渐地完全不计较秃顶了。我不计较所有的缺陷了……甚至也不计较失去青年时代的叶芹草了。秃顶的、大腹便便的、蜡黄的、有病的人都不骚扰我的思绪了——只不过我还不能容忍平庸的人而已。我以为天才就像人秃顶一样,它也是会消失,令人不想写东西的,而且对此也是可以不计较的。因为毕竟不是你自己创造出你的天才,它是像浓密的头发一样长出来的,如果弃置不用,也会像头发一样脱落,也就是所谓作家"才尽"。问题不在于天才,而在于谁驾驭天才。这倒是不能失去的,这个损失是无以弥补的:这已经不是秃顶,不是肚子,这是我自己了。当"我自己"仍然存在的时候,无须为所失而哭泣,因为正如常言所说:"丢了脑袋,就不会为头发而哭泣了。"也可以这么说吧:"只要有脑袋,头发总会长出来的。"

离别和见面

我在观看一条流水的源头,心中惊叹不已。小丘上长着一棵树———棵参天的云杉。滴滴雨水从枝丫汇集到树干上,壮大起来,遇到树干的曲折之

---

①循环论法。(拉丁语)

处就跳过去,并不时地消失在裹着树干的浅绿色苔藓里。那棵树在接近根部的地方弯曲了,水滴就从苔藓里直接落到一个满是水泡的静静的水洼里。另外,枝叶上也直接落下各种水滴来,发出各种声音。

我眼看着树下的这个小湖决了口,一股水从雪底下向路那边流去,那条路现在成了堤坝了。但是这股新的流水湍急有力,冲破了堤坝,在喜鹊的国度里向下直奔小河。河边的赤杨树丛被水淹了,每一根枝条都向树下的水面滴着水,激起了许多水泡。这些水泡一齐慢慢地向那股流水漂去,漂到以后突然像挣脱开了一样,落到河里,和其他泡沫一起漂流了。

烟雨霏霏中,不时发现一些鸟儿飞过去,我判断不了那是什么鸟。它们一边飞一边叽叽喳喳叫,河水的潺潺声使我听不清它们叽喳些什么。它们落在远处河边一丛树上。我走到那儿去,想弄明白是什么客人这样早就从温暖的地方来到我们这儿。

在流水的潺潺声和水滴的清亮乐声中,我像平常听了人作的真正音乐一样,脑子里萦回的总是自己,总是我那多年不能痊愈的伤痕……这样想来想去,慢慢使我想清楚了人的起点问题:当他向往幸福,和这些流水、水泡、鸟儿在一起的时候,这还不是人。人的起点是在他和这一切别离的时刻:这是意识的第一个阶梯。我就这样顺着阶梯,一级一级地,忘记一切,历尽痛苦,开始上升为一个抽象的人。

我听到了苍头燕雀的歌声以后,清醒了过来。我不相信自己的耳朵,但也很快明白,雾中所飞的鸟儿,那些早来的客人,全是燕雀。它们多得数不清,一边飞一边唱,停落在树上,也有许多散落在秋耕地上。心中所盼的这些鸟儿,一旦来到的时候,最怕的是如果它们来得不多,我正一心想着自己,很可能完全把它们错过了。

我心里寻思,我今天可能错过燕雀,明天就可能错过一个活着的好人,他没有得到我的关照而死去。我明白了,在我的这种抽象中,有着一种绝大的根本谬误的因素。

叶芹草的女儿

我全然不知她的下落了,而且从那以后又有许多年过去了。我一点也想不起她的容貌,即使当面见到,我也会认不出她来。只有那双眼睛,像两颗北极星似的眼睛,我当然是会认得出来的。

有一次,我到信托商店去买一件东西。我找到了那东西,付了钱,拿来取货单,然后去排队。就在旁边有另一个队,那是手头只有大票子的人,因为收款处没有零钱可找,只好再排队等着。那个队伍里有个年轻女人,要求我给换五个卢布:她只要两个卢布就够了。我的零钱正好有两个卢布,我很乐意请她拿走这两个卢布⋯⋯

大概她不明白我的意思是想干脆把钱给她,无偿赠送。也可能是她还算开通,克服了虚假的羞涩感,愿意置世俗之见于不顾。遗憾的是,我递钱的时候,看了她一下,突然认出了无异是叶芹草的那双眼睛,那两颗北极星。在这一刹那间,我还穿透那双眼睛,窥探了一下她的灵魂深处,我脑子里一亮:莫非这就是"她"的女儿⋯⋯

然而这么一看以后,要她收我的钱是不行了。也可能是她到这时候才明白,我是要把钱送给她这个不相识的人。

有什么了不起的,总共才两个卢布! 我伸出拿着钱的手。

"不!"她说。"我不能这样拿您的钱。"

可我在认出那双眼睛的时刻,准备倾我所有统统给她,只要她说一个字,我准备跑到某处去,给她一趟又一趟地拿来⋯⋯

我像乞丐中的乞丐一样,用哀求的目光看了看她,请求说:

"请拿去吧⋯⋯"

"不!"她重复说。

当我现出十分不幸、遭人遗弃、备尝孤独之苦的人的样子时,她才突然若有所悟,露出无异是叶芹草的那种笑容,说道:

"我们这么办:您拿我的五个卢布,给我两个卢布。好不好? "

我喜不自胜地拿了她的五个卢布,并发现她十分理解和看重我的欣喜。

老椴树

我想着一棵树皮皱巴巴的老椴树。有多长的时间了,它安慰了它的老主人,又安慰着我,对我们始终没有二心。我钦佩它无私地为人服务的精神,我心中就像椴树开出芬芳的花朵一样,产生了一个希望:有朝一日,我或许也能和椴树一起盛开烂漫的鲜花。

欢 乐

痛苦在一颗心中愈积愈多,就会在晴朗的一天像干草一样燃烧起来,放出一团无比欢乐的烈焰而统统燃尽。

胜 利

我的朋友,如果你自己失败了,那么无论在北方,也无论在南方,都没有你立足之地了:整个大自然对于一个失败的人说来,就是打了败仗的战场。但是如果你胜利了,哪怕只有荒凉的沼泽是你胜利的见证,那么沼泽也会百花竞开,万紫千红,而春天对你说来将永远是春天,是胜利的颂歌。

最后一个春天

也许,这个春天是我最后一个春天了。每一个年轻的和年老的人在迎接春天的时候,当然应该想到,也许这是他最后一个春天,他永远也不会返回到这个春天了。这么一想,春天的欢乐便会增加千万倍,每一个细小的东西,比如苍头燕雀,甚至一个油然而至的词儿,也都会各具特色,而且都会用某种方式声明,在这最后一个春天里,它们也应该有存在和共享春光的权利。

近在眼前的离别

时序到了秋天, 不消说, 周围万物都在悄悄地诉说着近在眼前的离别了;在喜气洋洋、阳光明媚的一个日子,这一片悄声细语中,加入了一种激越的声音:虽然只是一种声音,但那是我的! 我寻思,也许我们的整个生活就像是一个日子, 全部的人生智慧也可归结为同样的道理:只有唯一的一种生活,就好像秋天里唯一的阳光明媚的一个日子,而且是我的一个日子一样!

杜　鹃

一棵白桦树倒在地上，我坐在树上休息的时候，一只杜鹃没有留意到我，几乎就在我身边落下来，并且发出一种吐气的声音，仿佛对我这样说：好吧，我来试试，看怎么样？于是就"咕"地叫了一声。

"一！"我数了起来，照老习惯猜测我还能活几年。"二！"

它刚叫了第三声"咕"，恰好我也刚想数我的"三"……

"咕！"它叫罢就飞走了。

我竟没有数成我的"三"。这么说，我的日子不太多了，但是这并不恼人，我活得够了，恼人的是，这两年挂零的时间如果老在准备做一件特大的事，等到万事俱备，动起手来，不料"咕"的一声……那就一切都完了！

那么值不值得去准备呢？

"不值得！"我想。

然而我站起身来，最后看了一眼白桦树时，便不觉心花怒放起来；这棵了不起的倒树，正为了自己最后一个春天，只为了今年这个春天，吐露着饱含树脂的幼芽呢。

大地的微笑

在像高加索那样的绵绵崇山里，到处都留有地壳生活中的大规模斗争和变迁的痕迹，有如人脸上的痛苦模样和恐怖怪相。那儿简直可以亲眼见到激流劈山，乱石滚滚。也许，我们莫斯科省从前也有过类似斗争，只不过那是遥远的往事了，如今水已不再逞威，这儿的大地上留着点点林木蓊郁的绿色小丘，煞像堆起了笑容。

举目遥望这片可爱的小丘，回忆自己的往昔，有时不免要想："不，我不愿意再重温旧梦，不愿意再返老还童了！"于是就和大地一起微微含笑，若有所喜。

林中的太阳

好一片密林,密得叫人无法一下子看到天际的太阳,只有凭了斑斑驳驳的和像箭似的金光,你才能猜到太阳就藏在那棵大树后面,从那儿向着黑暗的林中投来清晨的斜光⋯⋯

从敞亮的空地走进林中,就像进了山洞一般,但是你若环视四周,真是妙极了!在阳光明艳的日子里,处身于黑暗的林中,简直是美不可言。我想那时无论是谁,尘念会顿然消失,心境会豁然开旷。那时欢愉的思绪将会从一个光斑飞向另一个光斑,一路飞到阳光明艳的空地上,突然抱住一棵枝叶扶疏有如小塔楼似的云杉,像毫不懂事的小姑娘似的为桦树的白皙而神迷,把红扑扑的小脸蛋藏到它那郁茂的绿叶中, 在阳光下兴冲冲地再从一个空地奔向另一个空地。

老椋鸟

椋鸟孵化出来,都飞走了,原来栖身的椋鸟巢,早已被麻雀占据了。但是直到今天,在露珠辉映、风清气爽的早晨,老椋鸟还要飞到这棵苹果树上来,放声歌唱。

看来真怪,百事都已了结,母鸟生育早毕,雏鸟也长成飞走⋯⋯老椋鸟究竟为什么还要天天早晨飞到曾经度过它的春天的苹果树上来,放声歌唱呢?

我对那椋鸟惊讶不已,听着它那含糊不清、十分可笑的歌声,我怀着一种莫名的希望,没来由地有时候也写几句东西。

小　鸟

一只小极了的鸟儿,落在一棵最高的云杉梢头上。它落在那儿看来是不无原因的,它也在歌颂朝霞哩;它那小嘴张开着,但是歌声没有传到地面上来,看它那副神态可以明白:它的事就是歌颂,而不在于让歌声传到地面上来,歌颂小鸟本身。

开花的草

像田野上的黑麦一样,草地上的禾本科植物也都开花,当昆虫微微摇动那小小的植物的时候,花粉就像金色的云一样把它笼罩。所有的草都开花,就连车前草也不例外——车前草算什么草呀,也浑身挂满了白白的珠串。

拳参,肺草,各种各样的小穗,状如小纽扣似的东西,小球果,它们都被细茎托住,频向我们致意。随着人间岁月的流逝,它们也不知道逝去了多少,但是看来依然是同样的拳参和小穗,同样的老朋友。你们好啊,你们好啊,亲爱的!

野蔷薇开花

野蔷薇大概早从入春以来就顺着小白杨的树干往上爬,想要钻到它的枝叶中去。如今白杨树庆祝自己的命名日,野蔷薇就满树怒放着红艳艳的香气扑鼻的鲜花。蜜蜂和黄蜂嗡嗡叫着,丸花蜂低吟着,它们都飞来祝贺命名日,喝点清露,采蜜回家。

鼓鼓的水泡

成天细雨蒙蒙,天气闷热。青鸟的歌声不像以前了——那是在温暖的阳光中,为求偶而歌唱的。现在它沐着春雨,不断地鸣叫,它淋了雨,看去仿佛变瘦了:在树枝上显得那么娇小。乌鸦连树都不愿意上,干脆在路上发情,苦苦哀求,声音哽塞嘶哑,心焦得喘不上气来。

水的春天匆匆来到。田野和森林里的雪都成粒状了,走路时可以像滑雪板那样移动脚步。森林里一棵棵的云杉树下,出现了小小的平静的水塘。在宽敞的空地上,急雨如注,却没有在水洼上冒起水泡。但在云杉树下的水塘中,树枝上掉下沉重的水滴,每一滴都在水中冒起鼓鼓的、饱满的水泡。我喜欢这些水泡,它们使我想起了既像父亲又像母亲的婴儿。

亲爱的茶炊

有时心中是这样的恬静，这样的莹澄。你以这种心境去观察任何一个人，如果他漂亮，你就会赞美，如果丑陋，你就会惋惜。那时，你无论遇上什么物件，都会感觉到那里面有把它创造出来的人的心。

此刻我在摆弄茶炊，这是我使用了三十年的一个茶炊。我亲爱的茶炊这时候火着得格外欢快，我小心地侍弄，免得它沸腾起来的时候，淌下眼泪来。

韵　律

我的天性中，素来有渴求韵律的愿望。有时早晨起来，迎着露水出去，心旷神怡，就会打定主意，应该每天早晨这样出去。为什么要每天早晨呢? 因为一浪赶一浪啊……

水

在大自然中，谁也无法隐藏自己的心迹，就像水把什么都隐藏在自己的深处一样。只有面对洋溢着喜气的漫天朝霞时，人的心里才会这样:原先设法隐藏，仿佛埋进了内心的深处，而这深处却有一条支流通向同一血统的世界，从那儿汲取一点起死回生的神水，回到我们人世间，这时，你的面前就会豁然呈现一片浩渺无际、绚烂多彩、耀眼生花的宁静水面。

幼嫩的小叶子

云杉开出红蜡似的花 飘落着黄色的花粉。在一个巨大的老树墩旁边，我径直坐在地上;这个树墩的内部，完全是朽物，要不是树墩边上坚固的木质还没有像木桶片似地散裂，每一片木头不紧贴着朽物，不给它支持，它就一定会全部解体了。但是，朽物里边却长出了一棵小白桦树，业已枝繁叶茂。还有许多各色各样结浆果开着花的草，从周围衬托着这个巨大的老树墩。

树墩把我吸引住了，我坐在小白桦旁边，满心想要听听小叶子颤抖的簌籁声,却什么也听不见。风相当大,云杉上的林涛送来一阵阵强劲的乐声。有一阵乐声没有传到这儿来,只听见它远去了,声幕落了下来,片刻间出现了一片沉寂,苍头燕雀就趁机一个劲儿欢快地唧啾起来。听它欢叫,真叫人兴奋——你会想到,生活在大地上是多么美好! 然而我真想听听我那棵白桦上浅黄色、亮闪闪、有一股清香、还不大的树叶的籁籁声。不! 它们还是这样的幼嫩,只会颤抖、闪光、发香,不会做声啊。

在老树墩旁边

森林里是从来也不空的,如果觉得空,那是自己错了。

森林里一些老朽树的巨大树墩,它们周围原是一片宁静。热烘烘的阳光穿过树枝,落到它们黑暗的身上。树墩一发热,周围的一切便都得到温暖,成长起来,活动起来,树墩上也长出了新绿,终被各色繁花覆盖上了。仅仅在太阳所照到的一个明亮发热的光点上,就停着十只蟊斯,两只蜥蜴,六只苍蝇,两只步行虫……高高的蕨草像宾客似的云集四周,不知在哪儿喧响的风儿,间或百般温柔地向它们轻轻吹拂,于是老树墩客厅里的一棵蕨草就俯身向另一棵蕨草,悄悄说什么话,那一棵草又向第三棵草说话,以至所有的客人都交头接耳了起来。

在溪边

小白桦树虽早已展枝吐叶,却隐没在高高的青草中了。当年我拍摄它们的时候,还是在第一个春天,那时在这棵小白桦树底下的雪中,有一条小溪的源头,溪水在一片发青的雪地中流去,看去像一条黑带。自从那些小白桦葱茏郁茂,树下长出各种带着五颜六色的小穗、小球果、小叶柄的草以来,小溪中有许多许多的水流走了,小溪本身也长满了墨绿的浓密的薹草,密得使我没法知道溪里现在还有没有一点水。这正如我本人眼下的光景;自从我们分别以来,不知有多少水流走了,如今凭我的模样,谁也没法知道我心灵的小溪仍然在欢腾。

水的歌声

水的春天集中了彼此相近的声音；有时，你半天也分不清那是水声汩汩，还是黑雷鸟低吟，还是蛙鸣。一切都汇合为水的歌声，田鹬在水面上和谐地像神羊似的叫着，山鹬和着水声发出嘶哑的声音，麻鸻神秘地呜呜不休：这奇怪的鸟鸣全都出于春水之歌。

风吹琴的乐声

悬挂在陡岸下面的又密又长的树根，如今在黑魆魆的岸边凹处的下面变成了一根根冰锥，愈来愈长，直达水面。春风徐来，水波微兴，冰锥末端禁不住晃晃悠悠，彼此碰撞，发出叮叮咚咚的响声。这响声，是春天的初声，是风吹琴的乐声。

第一朵花儿

我以为是微风过处，一张老树叶抖动了一下，却原来是第一只蝴蝶飞出来了。我以为是自己眼冒金星，却原来是第一朵花儿开放了。

致不认识的朋友

今天这阳光明媚、清露辉映的早晨，有如尚未开发的土地和未经考察的空层。这个独一无二的早晨，谁都还没有起床，谁都没有看见什么，而你是第一个看见。

夜莺快唱完它们的春歌了，幽静的地方还留有蒲公英，铃兰也许还在哪儿阴湿的地方发着白色。伶俐的夏鸟鹟鹛帮上了夜莺的忙，而黄鹂的长笛声尤为悠扬。鸫鸟不安的唧唧叫声到处可闻，啄木鸟却已十分疲倦，不再为它的子女寻找活的食物，远离它们停在树枝上干脆休息。

起来吧，我的朋友！收集你的幸福之光吧，勇敢一些，开始奋斗，帮太阳的忙吧！你听，连布谷鸟都来帮你的忙了。你瞧，鸳鸟在水上漫游，这不是一只普普通通的鹬鸟,在今天早晨,它是第一只,是独一无二的一只,再瞧那些喜鹊,身上露水闪闪发光,走到小路上来了,——明天它们就不会完全像今天这样闪光了,而且明天也不同于今天了——这些喜鹊也会在别的什么地方了。这是个独一无二的早晨,整个地球上哪一个人都没有见到这个早晨,只有你和你的不认识的朋友见到它。

千万年来人们生活在大地上,彼此赠送着欢乐,把它积聚起来,是为了你来拾起它,高高兴兴收集它的万般妙趣。勇敢一些,勇敢一些吧!

一见云杉,小白桦,心胸又开阔起来。我目不转睛地望着松树上宛如绿色蜡烛似的花,望着云杉上鲜嫩的红球果。云杉,小白桦,多么美啊!

最高的一轮枝叶

昨日的残雪今晨仍未消融。后来出了太阳,但整天朔风凛冽,浓云飘浮。浓云时而让太阳露脸,时而又把它遮没,不祥地预示着……

在森林里背风的地方,却照样充满了春天的生机……

简直如同一个令人神往的童话,你瞧树上一层层旁行斜出的枝条垂挂下来,彼此相连,或纠结在一起,虽没有浓翠的繁叶,却已开出朵朵菜黄花,或已育出长长的挺秀的绿芽。

稠李结了一串串青色的花苞,接骨木上星星点点满是带细毛的红花,那早春的柳树,已有极细的嫩黄的花儿从原先的毛茸茸的小柳被下面绽出,一簇簇的就像刚刚破壳而出的黄毛鸡雏。

就连并不老的云杉的树干,也像长了毛似的布满了绿色的细针叶,而在最高层的一轮枝叶中的一根最高的树枝上,正在明显地现出未来一轮新枝叶的新节子……

我的意思并不是要我们这些复杂的成年人回到童年去,而是希望每个人都能在自己的心里保持着童年,永远不要忘记它,并且像树那样安排自己的生活:年幼的一轮枝叶总是在树冠上的亮处,而树干是它的实力,这树干就是我们成年人。

麦　粒

现在连莎士比亚的想象力也不能使我这个当作家的慑服了，因为我十分清楚，假如我能够不用想象力，只靠耐心的发掘，在自己心中找到一粒人人赖以活命的东西，并且把这一点叙述出来的话，那么莎士比亚本人就会把我当弟弟叫到他的狩猎城堡去了，他也决不会想到要拿他的奇才，来贬低我这颗对于某个朋友的信任的麦粒了。

隐蔽的生活

在这百花争艳的林中空地上，很早以前是住过人的，你瞧那一圈看来是挖掘过的痕迹，再瞧那一处也是挖掘过的，那儿也许曾是房子，这儿是地窖，从草地上那一溜青草的浓绿颜色看来，可以猜想到那是一条路，早已死去的人曾在这条路上行走。

我在这一溜草上走着，心中不免悠然遐想起来，我竟能从自己身上发现那个早已死去的人，当年他走在这条路上，如今借了"我"的形骸走在浓绿的草上。

这个人在我身上复活以后，我便在一棵巨大的柞树下，凭了鲜嫩的青草，看到了另一棵大树的深绿色的形象。稍加思索，我便猜到了，同这棵树曾长久地生长在一起的另一棵柞树，早已倒地，化为尘埃，成为肥料，养育出了嫩草地上的浓浓的绿茵。

幼芽发光的晚上

幼芽正在开放，像巧克力的颜色，拖着绿色的小尾巴，而在每个绿色的小嘴上挂着一大颗亮晶晶的水珠。你摘下一个幼芽，用手指揉碎，可以闻到一股经久不散的白桦、白杨的树脂香味，或是稠李的惹人回忆往昔的特殊香味：你会想起，从前常常爬到树上去采那乌亮乌亮的果实，一把一把地送进嘴里连核吃下去，那么样的吃法，除了痛快以外，不知怎的从未有过一点儿不适的感觉。

晚上温暖宜人,静得出奇,你预料会有什么事就要发生,因为在这样寂静中,总会有事的。果然不出所料,树木仿佛彼此间开始对话了:一棵白桦同另一棵白桦远远地互相呼唤;一棵年幼的白杨像绿色的蜡烛似地立在空地上,正在为自己寻找一支同样的蜡烛;稠李们彼此伸出了抽华吐萼的枝条。原来,同我们人类比较的话,我们人类彼此招呼是用的声音,它们却用的是香味:此刻每一种花木都散发着自己的香味。

天色暗下来的时候,幼芽消失在黑暗中了,但是幼芽上的水珠却闪闪发光,就连在灌木丛中黑咕隆咚什么也看不清的时候,水珠仍在发光。只有水珠和天空在发光:水珠从天空把光取来,在黑暗的森林中给我们照亮。

我仿佛觉得自己的全身缩小为一个饱含树脂的幼芽,想要迎着那独一无二的不认识的朋友开放。那是一个非常好的人,我只要一等起他来,一切妨碍我行动的东西都会像尘烟一般消散了。

林中小溪

如果你想了解森林的心灵,那你就去找一条林中小溪,顺着它的岸边往上游或者下游走一走吧。刚开春的时候,我就在我那条可爱的小溪的岸边走过。下面就是我在那儿的所见、所闻和所想。

我看见,流水在浅的地方遇到云杉树根的障碍,于是冲着树根潺潺鸣响,冒出气泡来。这些气泡一冒出来,就迅速地漂走,不久即破灭,但大部分会漂到新的障碍那儿,挤成白花花的一团,老远就可以望见。

水遇到一个又一个障碍,却毫不在乎,它只是聚集为一股肍水流,仿佛面临免不了的一场搏斗,收紧肌肉一样。

水颤动着,阳光把颤动的水影投射到云杉树上和青草上,水影就在树干和青草上忽闪。水在颤动中发出淙淙声,青草仿佛在这乐声中生长,而水影是显得那么调和。

流过一段又浅又阔的地方,水急急注入狭窄的深水道,因为流得急而无声,就好像在收紧肌肉。太阳不甘寂寞,让那水流的紧张的影子在树干和青草上不住地忽闪。

如果遇上大的障碍,水就嘟嘟哝哝地仿佛表示不满,这嘟哝声和从障碍上飞溅过去的声音,老远就可听见。然而这不是示弱,不是诉怨,也不是绝望,这些人类的感情,水是毫无所知的,每一条小溪都深信自己会到达自由的水域,即使遇上像厄尔布鲁士峰一样的山,也会将它劈开,早晚会到达⋯⋯

太阳所反映的水上涟漪的影子,像轻烟似的总在树上和青草上晃动着。在小溪的淙淙声中,饱含树脂的幼芽在开放,水下的草长出水面,岸上青草越发繁茂。

这儿是一个静静的旋涡,旋涡中心是一棵倒树,有几只亮闪闪的小甲虫在平静的水面上打转,惹起了粼粼涟漪。

水流在克制的嘟哝声中稳稳地流淌着,它们兴奋得不能不互相呼唤:许多支有力的水都流到了一起,汇合成了一股大的水流,彼此间又说话又呼唤——这是所有来到一起又要分开的水流在打招呼呢。

水惹动着新结的黄色花蕾,花蕾反又在水面漾起波纹。小溪的生活中,就这样一会儿泡沫频起,一会儿在花和晃动的影子间发出兴奋的招呼声。

有一棵树早已横堵在小溪上,春天一到竟还长出了新绿,但是小溪在树下找到了出路,匆匆地奔流着,晃着颤动的水影,发出潺潺的声音。

有些草早已从水下钻出来了,现在立在溪流中频频点头,算是既对影子的颤动又对小溪的奔流的回答。

就让路途当中出现阻塞吧,让它出现好了!有障碍,才有生活:要是没有的话,水便会毫无生气地立刻流入大洋了,就像不明不白的生命离开毫无生气的机体一样。

途中有一片宽阔的洼地。小溪毫不吝啬地将它灌满水,并继续前行,而留下那水塘过它自己的日子。

有一棵大灌木被冬雪压弯了,现在有许多枝条垂挂到小溪中,煞像一只大蜘蛛,灰蒙蒙的,爬在水面上,轻轻摇晃着所有细长的腿。

云杉和白杨的种子在漂浮着。

小溪流经树林的全程，是一条充满持续搏斗的道路，时间就由此而被创造出来。搏斗持续不断，生活和我的意识就在这持续不断中形成。

是的，要是每一步没有这些障碍，水就会立刻流走了，也就根本不会有生活和时间了……

小溪在搏斗中竭尽力量，溪中一股股水流像肌肉似的扭动着，但是毫无疑问的是，小溪早晚会流入大洋的自由的水中，而这"早晚"就正是时间，正是生活。

一股股水流在两岸紧挟中奋力前进，彼此呼唤，说着"早晚"二字。这"早晚"之声整天整夜地响个不断。当最后一滴水还没有流完，当春天的小溪还没有干涸的时候，水总是不倦地反复说着："我们早晚会流入大洋。"

流净了冰的岸边，有一个圆形的水湾。一条在发大水时留下的小狗鱼，被困在这水湾的春水中。

你顺着小溪会突然来到一个宁静的地方，你会听见，一只灰雀的低鸣和一只苍头燕雀惹动枯叶的簌簌声竟会响遍整个树林。

有时一些强大的水流，或者有两股水的小溪，呈斜角形汇合起来，全力冲击着被百年云杉的许多粗壮树根所加固的陡岸。

真惬意啊：我坐在树根上，一边休息，一边听陡岸下面强大的水流不急不忙地彼此呼唤，听它们满怀"早晚"必到大洋的信心互打招呼。

流经小白杨树林时，溪水融融荡荡像一个湖，然后集中涌向一个角落，从一米高的悬崖上垂落下来，老远就可听见哗哗声。这边一片哗哗声，那小湖上却悄悄地泛着涟漪，密集的小白杨树被冲歪在水下，像一条条蛇似的一个劲儿想顺流而去，却又被自己的根拖住。

小溪使我流连，我老舍不得离它而去，因此反倒觉得乏味起来。

我走到林中一条路上，这儿现在长着极低的青草，绿得简直刺眼，路两边有两道车辙，里边满是水。

在最年轻的白杨树上，幼芽正在舒青，芽上芳香的树脂闪闪有光，但是树林还没有穿上新装。在这还是光秃秃的林中，今年曾飞来一只杜鹃：杜鹃飞到秃林子来，那是不吉利的。

在春天还没有装扮，开花的只有草莓，白头翁和报春花的时候，我就早早地到这个采伐迹地来寻胜，如今已是第十二个年头了。这儿的灌木丛，树木，甚至树墩子我都十分熟悉，这片荒凉的采伐迹地对我说来是一个花园：每一棵灌木，每一棵小松树，小云杉，我都抚爱过，它们都变成了我的，就像是我亲手种的一样，这是我自己的花园。

我从自己的"花园"回到小溪边上，看到一件了不得的林中事件：一棵巨大的百年云杉，被小溪冲刷了树根，带着全部新、老球果倒了下来，繁茂的枝条全都压在小溪上，水流此刻正冲击着每一根枝条，一边流，一边还不断地互相说着："早晚……"

小溪从密林里流到空地上，水面在艳阳朗照下开阔了起来。这儿水中蹿出了第一朵小黄花，还有像蜂房似的一片青蛙卵，已经相当成熟了，从一颗颗透明体里可以看到黑黑的蝌蚪。也在这儿的水上，有许多几乎同跳蚤那样小的浅蓝色的苍蝇，贴着水面飞一会就落在水中；它们不知从哪儿飞出来，落在这儿的水中，它们的短促的生命，就好像在于这样一飞一落。有一只水生小甲虫，像铜一样亮闪闪，在平静的水上打转。一只姬蜂往四面八方乱窜，水面却纹丝不动。一只黑星黄粉蝶，又大又鲜艳，在平静的水上翩翩飞舞。这水湾周围的小水洼里长满了花草，早春柳树的枝条也已开花，茸茸的像黄毛小鸡。

小溪怎么样了呢？一半溪水另觅路径流向一边，另一半溪水流向另一边。也许是在为自己的"早晚"这一信念而进行的搏斗中，溪水分道扬镳了：一部分水说，这一条路会早一点儿到达目的地，另一部分水认为另一边是近路，于是它们分开来了，绕了一个大弯子，彼此之间形成了一个大孤岛，然后又重新兴奋地汇合到一起，终于明白：对于水来说没有不同的道路，所有道路早晚都一定会把它带到大洋。

我的眼睛得到了愉悦，耳朵里"早晚"之声不绝，杨树和白桦幼芽的树脂的混合香味扑鼻而来,此情此景我觉得再好也没有了,我再不必匆匆赶到哪儿去了。我在树根之间坐了下去,紧靠在树干上,举目望那和煦的太阳,于是,我梦魂萦绕的时刻翩然而至,停了下来,原是大地上最后一名的我,最先进入了百花争艳的世界。

我的小溪到达了大洋。

花 河

在一支支春水曾经流过的地方,如今是一条条花河。

走在这花草似锦的地方,我感到心旷神怡,我想:"这么看来,混浊的春水没有白流啊!"

增添生机的细雨

朝阳冉冉升起,又悄悄隐匿,温暖的春雨淅淅沥沥下了起来,给植物增添生机,犹如爱情之于我们人类。

树木正在回春,温暖的细雨洒在饱含树脂的幼芽上,还亲切地触摸着树皮,眼看着使它改变颜色。见了这情景,你会想到:这温暖的天水之于植物,正如爱情之于我们。也正如我们的爱情一样,植物的水——爱情——给参天大树的根部以温存,把它们洗干净,于是,承受了这爱情——水——的大树,便轰然倒了下来,成了一座通往彼岸的桥梁,而天雨——爱情——还不断地洒在已暴露着根部的倒树身上,正因为有了这爱情,大树虽倒下,它身上的幼芽却纷纷开放,散发着树脂的清香,这大树今春会像所有的树一样开花,给别的生物以生机……

水和爱情

对于动物,不论那是昆虫还是人,最合意的是爱情,对于植物,却是水:植物所渴望的水,有来自地上,也有来自天上,正如我们有尘世的爱情和天上的爱情一样……

稠 李

白桦倒在地上，我满怀同情，坐在它身上休息。我的眼睛看着一棵大稠李，却一会儿把它忘记，一会儿又吃惊地注意到它：我好像觉得那稠李在我看它的当儿，披上了仿佛用林涛做成的透明的盛装。是啊，在灰蒙蒙的、还没有上装的树木和密密的灌木之间，稠李是绿色的，从它绿色的枝叶间，我还看见它后面有茂密的白森森的小白桦树。但是当我站起身来，想同绿色的稠李告别的时候，我又似乎觉得它后面的小白桦树全然不见了。这究竟是怎么一回事啊？不是我自己的错觉，就是……就是那稠李在我休息的当儿披上盛装了……

松 树

我多么想这些松树能够永远存在，我还想它们能够为我所有，让我可以永远欣赏、爱抚。"永远存在"和"据为己有"这八个字，正是艺术家所追求的：莎士比亚的卷卷著作和泼留希金①的大箱都源于这些同样的道理。

一口牛奶

一盘牛奶放在拉达②嘴边，它却扭过脸去。家人叫我管一管。

"拉达，"我说，"该吃啦。"

它抬起头，摇动尾巴。我把它抚摸了一下；这一亲热，它眼中便有了生气。

"吃吧，拉达。"我又说着，把碟子挪得更近些。

它把嘴伸向牛奶，舐了起来。可见，由于我的亲热，它增添了活力。而且，也许正是这几口牛奶，发生了起死回生的作用。世界上爱的问题，可由这样一口牛奶解决。

①是果戈理《死魂灵》中的人物。
②普里什文养的狗。

女房东

安娜·达妮洛芙娜真是个贤妻良母:尽管有四个小孩,自己又在铁路售票处当清洁工,家里两个房间却收拾得井井有条。只要回想一下旧日的村子,满地牲口粪,还有拖着两条鼻涕、无人照管的孩子,靠老婆干活过日子的酒鬼……真仿佛是到了人间天堂! 但当我把这话说给安娜·达妮洛芙娜听的时候,她却面露忧容,告诉我说,她十分怀念故乡,宁可抛弃一切,立时回到那儿去。

"您呢,瓦西里·扎哈罗维奇?"我问她的丈夫,"您也想回农村老家去吗?"

"不,"他回答道,"我哪儿也不想去。"

原来他是萨马腊边区人,是他一家人当中 1920 年没有饿死的唯一幸存者。他从小给村子里一个老家伙扛活,离开时分文也没有得到。只是从村里带了安娜·达妮洛芙娜,到造船厂当工人去了。

"为什么您不想回故乡呢?"我问他。

他笑了笑,和妻子稍稍使了使眼色,腼腆地说:

"这就是我的故乡。"

姗姗来迟的春天

铃兰开花在先,野蔷薇开花在后:花开花落都各有其时。但有时候,铃兰花谢已整整一个月了,在一个黑森森的密林深处,却还有一朵兀自在开放,发着馨香。虽然这是极少有的事,但是人有时也会这样。在某个静寂的地方,在人间的一个暗角,有一个不为人知的人;人们以为他"活过时了",不理睬他。可他却出人意料地走了出来,光彩夺目,赛如花开。

母　菊

多么令人兴奋啊! 在森林中的草地上,遇到了一棵母菊,是最普通的那种"爱不爱我"。在这令人兴奋的邂逅中,我又想到,林中花木是只为有心人开放的。就说这第一棵母菊吧,它看到一个走路的人时,就猜测:"爱不爱我呢?""他没有发现我,没有看见就要走过去了——他不会爱我了,他爱的只是自己。或者,他发现我了……啊,多么高兴:他爱我! 只要他爱我,那多好啊:如果他爱我,还可能把我摘了去呢。"

爱 情

在这位老艺术家的生活中,已经没有叫作"爱情"的任何痕迹了。他的全部爱情,一生心血,都献给了艺术。他为他的幻影所围绕,为诗的轻纱所笼罩,他的童心始终不灭,自然界的生活有时惹得他忧心忡忡,失魂落魄,有时又教他狂喜不禁,如痴如醉,他却以此为满足。也许过不了几多时日,他会死去,但他到临死时也还相信大地上的全部生活就是这样的……

但是曾有一回,一个女人来到他身边,他对她而不是对幻影喃喃说了"我爱你"。

大家都是这么说的,叶芹草却企望艺术家有特殊的、不平凡的感情表达法,于是问道:

"你说的'我爱你'是什么意思?"

"意思是说,"他答道,"如果我有最后一块面包,我不吃,把它给你;如果你生病,我不离开你;如果要为你工作,我会像驴子一样使尽力气……"

他还说了许多诸如此类为人们出于爱情所常说的话。

叶芹草企望不寻常的事,却落空了。

"给最后一块面包,照料病人,像驴子一样干活,"她重复道,"这还不是跟大家一样,大家都这么做的……"

"我就是愿意这样,"艺术家回答说,"我愿意现在和所有的人一样。我要说的正是,我最终感到无限幸福的,是不认为自己是特殊的孤单的人,而是同所有好人一样的人。"

林中水滴

树

树　根

太阳上山之前,但见明月悠悠,向西坠落——比昨天显得远多了,竟没有在化了冰的水面上倒映出来。

太阳时而露脸,时而被浮云遮住,你满以为:"要下雨了。"然而始终不下。天却暖和了起来。

昨日热烘烘的阳光还没有把新结的冰融化净尽,留下两条薄薄的晶莹的冰带,如同宽宽的饰绦,镶在河的两岸;碧绿的流水泛起涟漪,惹动着那薄冰,发出像孩子往上扔石子的声音,又像有大群鸟儿叽叽喳喳地横空飞过。

水面有几处昨天留下的薄冰,好似夏天的品藻,红嘴鸥游过,留下了痕迹,从岸上孩子手中逃脱的野鼠跑过,却无半点塌陷。

举目望那整片浸水的草地上的仅有的一棵小树——我窗前的那棵榆树,只见所有的候鸟都栖身在那上头,有苍头燕雀,金翅雀,红胸鸲,我就频频联想到又一棵树,当年行役天涯的我,在那棵树上停下来,从此和它融为一体, 它的根也就成了我长入故土的根。在我像候鸟一般漂泊不定的生涯中,就是这样在自己的根上站立起来的。

蛇麻草

一棵欹斜在漩涡上头的参天云杉枯死了, 连树皮上的绿苔的长须都发黑了,萎缩了,脱落了。蛇麻草却看中了这棵云杉,在它身上愈爬愈高——当它爬高了的时候,它从高处看到了什么呢? 自然界发生了什么呢?

一条树皮上的生命

去年,为了使森林采伐迹地上的一个地方便于辨认,我们砍折了一棵小白桦作为标记;那小白桦因此就靠了一条树皮危急地倒挂着。今年,我又寻到了那个所在,却让人惊讶不已:那棵小白桦居然还长得青青郁郁,看来是那条树皮在给倒悬的树枝输送液汁呢。

瑞 香

朋友刚离我而去,我环顾四周,目光落在一个被空的云杉球果穿满了孔的老树桩上。

啄木鸟在这儿操劳了一个冬天,树桩周围厚厚的一层云杉球果,都是它一冬中衔来,剥了壳吃了的。

从这层果壳下面,一枝瑞香好容易钻到世界上来,争得了自由,盛开着小小的紫红花朵。这枝春天最早开放的花儿的细茎,果然十分柔韧,不用小刀是几乎折不断的, 不过也好像没有必要去折它:这种花远远闻去异香扑鼻,有如风信子,但移近鼻子,却有一股怪味,比狼的臊气还难闻。我望着它,心里好不奇怪,并从它身上想起了一些熟人:他们远远望去,丰姿英俊,近前一看,却同豺狼一般,其臭难闻。

树桩——蚂蚁窝

森林中有些老树桩,像瑞士干酪似的浑身是小窟窿,却还牢牢地保持着原来的形状……但是如果坐到这种树桩上去,窟窿之间的平面一定会破碎,你在树桩上会感到稍稍陷落下去。当你感到有些陷下去了, 就得赶快站起来,因为你身下这棵树桩的每一个窟窿中,会爬出成批成批的蚂蚁来,原来这虚有其表的多孔的树桩,却是个完整的蚂蚁窝。

森林的墓地

人们砍了一片树木去作柴禾，不知为什么没有全部运走，这里那里留得一堆一堆，有些地方的柴堆，已经完全消失在繁生着宽大而鲜绿的叶子的小白杨树丛中或茂密的云杉树丛中了。熟悉森林生活的人，对于这种采伐迹地是最感兴趣不过的，因为森林即是一部天书，而采伐迹地是书中打开的一页。原来松树被砍掉以后，阳光照射进来，野草欣然苗长，又密又高，使得松树和云杉的种子不能发育成长。大耳的小杨树居然把野草战胜了，不顾一切地长得蓊蓊郁郁。待它们压服了野草，喜阴的小云杉树却又在它们下面成长起来，而且竟超过了它们，于是，云杉便照例更替松树。不过，这个采伐迹地上的是混合的森林，而最主要的，这里有一片片泥泞的苔藓——自从树林砍伐以后，那苔藓十分得意，生气勃勃哩。

就在这个采伐迹地上，现在可以看到森林的丰富多彩的全部生活：这里有结着天蓝色和红色果实的苔藓，有的苔藓是红的，有的是绿的，有像小星星一般的，也有大朵的，这里还有稀疏的点点的白地衣，并且夹有血红的越橘，还有矮矮的丛林……各处老树桩旁边，幼嫩的松树、云杉和白桦被树桩的暗黑的底色衬托出来，在阳光下显得耀眼生花。生活的蓬勃交替给人以愉快的希望。黑色的树桩，这些原先高入云霄的树木的裸露的坟墓，丝毫也不显得凄凉，哪里像人类墓地上的情景。

树木的死法各不相同。譬如白桦树，它是从内部腐烂的，你还一直把它的白树皮当作一棵树，其实里面早已是一堆朽物了。这种海绵似的木质，蓄满了水分，非常沉重：如果把这样的树推一下，一不小心，树梢倒下来，会打伤人，甚至砸死人。你常常可以看到白桦树桩，如同一个花球：树皮依然是白的，树脂很多，还不曾腐烂，仿佛是一个白衬领，而当中的朽木上，却长满了花朵和新的小树苗。至于云杉和松树，死了以后，都先像脱衣服一般把全身树皮一截一截脱掉，做堆儿归在树下。然后树梢坠落，树枝也断了，最后连树桩都要烂完。

如果有心细察锦毯一般的大地，无论哪个树桩的废墟都显得那么美丽如画，着实不亚于富丽堂皇的宫廷和宝塔的废墟。数不尽的花儿、蘑菇和蕨草匆匆地来弥补一度高大的树木的消殒。但是最先还是那大树在紧挨树桩的边上发出一棵小树来。鲜绿的、星斗一般的、带有密密麻麻褐色小锤子①的苔藓，急着去掩盖那从前曾把整棵树木支撑起来、现在却一截截横陈在地上的光秃的朽木；在那片苔藓上，常常有又大又红、状如碟子的蘑菇。而浅绿的蕨草、红色的草莓、越橘和淡蓝的黑莓，把废墟团团围了起来。酸果的藤蔓也是常见的，它们不知为什么老要爬过树桩去；你看那长着小巧的叶儿的细藤上，挂了好些红艳艳的果子，给树桩的废墟平添了许多诗情画意。

①指状如小锤子、戴有藓帽的子囊体。——译者

水

涅尔河

涅尔河在沼泽上流过；只在蚊子还没有喧闹以前，这儿才是个得天独厚、令人流连忘返的去处。涅尔河的支流库布里亚是一条活泼的夜莺之河。河的一边陡岸上是野生的森林，和涅尔河上的一样，另一边是耕地。涅尔河上赤杨和稠李夹岸丛生，你在河面荡桨漫游的时候，头上仿佛是绿色的拱门。这儿夜莺多极了，有如黑土区的庄园里的大花园。

我们泛舟悠悠前行，只见葇荑花，那没有穿上绿装的树木的花，争妍斗丽，密密麻麻，在前面空中形成了一顶网子，那里头有赤杨的葇荑花，有早春柳树嫩黄的幼芽儿，还有稠李的百样蓓蕾和硕大的已经半开的花儿。这些没有穿上绿装的树木的枝条，真是俏丽多姿而又腼腆动人，似比羞答答的女郎更觉可爱！

在姗姗来迟的春天里，没有穿上绿装的森林中的一切，都是抬头可见的：无论是各种鸟儿的巢穴，也无论是各种正在鸣啭的鸟儿本身，喉咙里发出咕嘟声的夜莺，苍头燕雀，歌鸫，林鸽。连杜鹃在咕咕叫的时候也看得见，还有那野乌鸡，在枝头走来走去，发出咯咯声，呼唤着异性。

有些地方的赤杨和稠李，全身被蛇麻草缠住，只有一根绿枝从去岁的老蛇麻草下面透露出来，真像毒蛇缠身的拉奥孔。

前面水上有四只雄鸭，一面游着，一面嘎嘎地叫。待我们划近前去，正要用步枪打时，三只扑棱棱飞走，第四只原来是打断了一只翅膀的。我们让这只缺翅的鸟儿摆脱了痛苦的残生，拿来放在船头上，作为拍摄河上风景时的前景。

倒　影

　　我摄下了森林中美丽的最后的白色小径("碎瓷片")。有时小径会中断,会从它底下露出绿水盈盈、树木倒映的车辙来;有时白色的小径会被小水塘挡住去路,只好全然伸入水中,再从那深处隐隐约约在巨大的倒映的森林间显露出来。穿着我脚上的靴子,要想走到这海洋的彼岸去是不行的,而且也不能走近那大森林,不过我却走到了那倒影旁边,居然还能把它照了下来。够了! 完全用不着飞机,用不着让发动机震聋我的耳朵,我却能站在清澈见底的融水的水塘前面,欣赏我脚下的小朵浮云。

林中客人

林中深渊

一只巨大谷蛾似的灰蝴蝶,坠落在深渊中,仰浮于水面,呈三角形,仿佛两翅活活地给钉在水上。它不停地微动着细腿,身体也跟着扭动,于是,这小小的蝴蝶就在整个深渊中荡起微波,密密地一圈一圈四散开去。

蝴蝶附近有许多蝌蚪,自管游着,对于水波并不在意,一些小甲虫像骑手在陆地上驰骋一般,在水中泼风也似的转着圈子,石头旁边阴影中的一条小梭鱼,却像小木棒一样,在水里竖着——多半是想捉那蝴蝶吃,它在下面大概是不知道有微波的。当然,水底下还有什么微波!

但是,这只蝴蝶挣扎在静静的深渊中所频频激起来的微波,却在水面的上空仿佛引起了普遍的注意。野醋栗把硕大的还是青的果子垂到了水边,凋谢了的款冬花让朝露和水把自己的叶子洗得鲜莹明洁,翠绿的新生的蛇麻草绕在挺拔而枯凋的、绿须披挂的云杉树上愈爬愈高,而下面那蝴蝶抖动起来的水波到达不到的石头后边,倒映着陡岸上的一带林木和澄碧的天空。

我料定那小梭鱼迟早会从呆然若失的状态中清醒过来,注意到这遍及整个深渊的一道道水圈。但是看着这蝴蝶,我不禁回想起自己当年的奋斗:我也曾不止一次地弄得仰翻了身体,绝望地用两手、两脚以及随便可以抓到的东西想争得自由。我回想起自己那阵失意时日之后,便往深渊里丢了一块石头,石头激起了一阵水波,掀起了蝴蝶,把它的翅膀整平了,送它飞上了空中。这就是说自己经历过艰辛,也就能理解别人的艰辛。

乌 鸦

我试枪的时候,打伤了一只乌鸦——它飞了几步路,落在一棵树上。其余的乌鸦在它上空盘旋一阵,都飞走了,但有一只降了下来,和它停在一起。我走近前去,近得一定会把哪只乌鸦都惊走的。但是那一只仍然留着。这该如何理解呢?莫非那乌鸦留在伤者身旁,是出于彼此有某种关系的感情吗?就好像我们人常说的,出于友谊或者同情?也许,这受伤的乌鸦是女儿,所以为娘的就照例飞来保护孩子,正像屠格涅夫所描写的那只母乌鸡,虽然身受重伤,鲜血淋漓,还奔来救那囡鸟。这种感人的事情,在鹑鸡目动物中是屡见不鲜的。

可是转念一想,眼前是食肉的乌鸦啊,我脑子里不禁又有了这样不愉快的想法:那停落在伤者身边的第二只乌鸦,也许是嗅到了血腥味,醺醺然一心妄想马上能饱餐一顿血食,所以就益发挨近死定了的乌鸦,强烈的私心使它丢不开垂危的同类。

如果第一个想法有拟人观,也就是把人类感情搬到乌鸦身上去的危险,那么第二个想法就有"拟鸦观"的危险,也就是说,既然是乌鸦,那一定是食肉者无疑了。

松鼠的记性

我在想着松鼠:如果有大量储备,自然是不难记住的,但据我们此刻寻踪觅迹看来,有一只松鼠却在这儿的雪地上钻进苔藓,从里面取出两颗去年秋天藏的榛子,就地吃了,接着再跑十米路,又复钻下去,在雪上留下两三个榛子壳,然后又再跑几米路,钻了第三次。绝不能以为它隔着一层融化的冰雪,能嗅到榛子的香味。显然它是从去年秋天起,就记得离云杉树几厘米远的苔藓中藏着两颗榛子的……而且它记得那么准确,用不着仔细估量,单用目力就肯定了原来的地方,钻了进去,马上取出来。

三个兽洞

今天在一个獾洞旁边,我想起了卡巴尔迭诺-巴尔卡里亚的黄峭壁上的三个兽洞。我曾在那儿把沙地上的足迹细细考察了一番,得知了獾、狐狸和野猫同居的一个极有趣的故事。

獾为自己挖了一个洞,狐狸和野猫却来和它同居。不干净的狐狸浑身恶臭,不久就把獾和野猫撵了出去。獾只得在稍高的地方再挖一个洞,和野猫住在一起,那臭狐狸仍旧留在老洞里。

梭 鱼

一条梭鱼落进我们安设的网里,吓呆了,一动也不动,像根树枝。一只青蛙蹲在它背上,贴得那么紧,连用小木棒去拨,半天也拨不下来。

梭鱼果然是灵活、有力、厉害的东西,可是只要停下来,青蛙就立刻爬了上去。因此,大概作恶的家伙是从来也不肯停手的。

田 鼠

田鼠打了一个洞,把眼睛交还给了大地,并且为了便于挖土,把脚掌翻转过来,开始享受地下居民的一切权利,按着大地的规矩过起日子来。可是水悄悄地流过来,淹没了田鼠的家园。水为什么要这样做呢? 它根据什么规矩和权利可以偷偷逼近和平的居民,而把它赶到地面上去呢?

田鼠筑了一道横堤,但在水的压力下,横堤崩溃了,田鼠筑了第二次,又筑了第三次;第四次没有筑成,水就一涌而至了,于是它费了好大的劲,爬到阳光普照的世界上来,全身发黑,双目失明。它在广阔的水面上游着,自然,没有想抗议,也不可能想到什么抗议,不可能对水喊道:"看你! "像叶甫盖尼对青铜骑士喊的那样。那田鼠只恐惧地游着,没有抗议;不是它,而是我这个人,火种盗取者的儿子,为它反对奸恶的水的力量。

是我这个人,动手筑防水堤。我们人汇集来很多,我们的防水堤筑得又大，又坚固。

我那田鼠换了一个主人，从此不依赖于水，而依赖于人了。

啄木鸟

我看见一只啄木鸟，它衔着一颗大云杉球果飞着，身子显得很短（它那尾巴本来就生得短小）。它落在白桦树上，那儿有它剥云杉球果壳的作坊。它嘴衔云杉球果，顺着树干向上跳到了熟悉的地方。可是用来夹云杉球果的树枝分叉处，还有一颗吃空了的云杉球果没有扔掉，以致新衔来的那颗就没有地方可放了，而且它又无法把旧的扔掉，因为嘴并没闲着。

这时候，啄木鸟完全像人处在它的地位应该做的那样，把新的云杉球果夹在胸脯和树之间，用腾出来的嘴迅速地扔掉旧的，然后再把新的搬进作坊，操作了起来。

它是这样聪明，始终精神勃勃，活跃而能干。

落后的野鸭

小河流进了葱茏郁茂的赤杨林里，两岸渐渐陡峭起来，河面窄得可以一跨而过。这儿的河水由于森林中的温热和流速较大，不曾冻结。一只落后的野鸭就滞留在这儿，打发着冬天来临之前的最后的日子。它隐藏在林彩沉荫中，我们看不见，只听见振翅声和叫声。当它飞到赤杨树的高空时，我们才总算开枪打到它。一颗霰弹击中了翅膀，把它打断了，野鸭就活像瓶子，一头倒栽下来。

断翅的野鸭通常都往水里逃生，它钻进水里，躲在树根之间，只把黑色的不显眼的小嘴露出水面。猎人明明看见它掉下来了，却怎么也找不到，往往都弄得筋疲力尽。

我们打伤的那只野鸭飞落的地方，正是河的转弯处，水势开阔，像个池塘，在这宁静的地方结着一层冰，只在表面还保留着完全透明的水的样子。

那野鸭看见自己向这水面倒栽下去，心想潜入水里躲起来，不料一头碰在冰上。冰倒没有被碰碎。受惊的野鸭一骨碌爬起来,踏着红脚掌就走。皮尤什卡①看见了,追了去,可是它的脚总陷到冰下面去,只得回来,后来犹豫了一会,伸开脚爪,踮着脚尖,又慢慢地走去,走去,终于抓到了……

蜘 蛛

绵绵阴雨,令人心烦。夕阳在浑厚的蓝幕中西沉,晚上不见得天会转好。我心焦地等了一天,总想在傍晚时分太阳能露一下脸,好让我夜里安然入睡,指望明天有一个期待已久的清露辉映的早晨,可以拍摄水珠璨璨的蜘蛛网。不!太阳一沉落,蓝幕就破碎了,在蓝幽幽的底色上,出现了一只红色的鸟,另一处跑出了一个身着红衣的骑手。

我和主人家的儿子谢辽查一起在草棚里过夜,那草棚在采伐迹地的旁边,我就是在这采伐迹地上观察森林中的织工的生活的——那织工,就是身如小酒桶,背上有一个十字记号的善结网的蜘蛛。远处闪烁的电光透进草棚的壁缝,穿过我的闭合的眼皮,在我的头脑中演出了好些荒诞的故事。譬如说,我梦见人们似乎想要用蜘蛛网来做什么东西,为了叫蜘蛛夜间工作,就用探照灯把林木照得通亮。次日一清早,太阳还没有升起,谢辽查的母亲道姆娜·伊万诺芙娜就到草棚里来叫谢辽查:

"该打麦子去了,起来吧,谢辽查!"

"蜘蛛织网了吗?"我问道。

我的女主人已经习惯了,对我的观察很感兴趣。她过了一会答道:

"不大看见。"

"嗯,既然不大看见,"我说,"大概就要下雨了,可你们的麦场子都是没有顶棚的啊。"

"没有办法,"道姆娜·伊万诺芙娜回答说,"剩下的面粉连做一个小圆面包也不够了,得赶紧打,打多少是多少,不然要饿肚子了。"

---

①狗名。——译者

谢辽查起身打麦子去了。

我从草棚里出来,只见天空中日光在和乌云相争,看起来太阳是会得胜的。露水已经很大。阴沉的早晨,露水却大,这真是不平常的事情。

我因早晨露水蒙蒙,天气阴沉,倒觉得十分愉快,就出去拍那织网的蜘蛛,巴不得不受太阳反光的影响,一心想在恶劣天气中延长曝光时间拍出来的照片,能比有太阳的快照还要好。谁知道来到昨天的地方之后,非但没有新的网,连旧的也不见踪影了。我猜想,那些网过了一日一夜,自然破损了,被蚊蚋撕坏了。那些蜘蛛,想必是在黎明前时分织网的。但是昨天后半夜,恰好有闪电,显然会有一场阴雨。

所以它们就没有工作。

不过也不能说它们全然没有工作:不少地方、尤其是在地面上,也可以见到蜘蛛网,然而和平日灿烂的早晨比起来,却实在少得可怜。见了这不多的蜘蛛结的网,我就想到:看来蜘蛛也不都是一个样的,有的比较聪明,有的比较愚笨。

日光和乌云斗争了一个钟头以后,太阳终于获胜了。

也许蜘蛛本来会开始工作的,只是露水太大了。不!最可能是还在黎明前的时分,蜘蛛就已经预感到天要下雨了。

鸟儿也没有往常那样活跃。野乌鸡一语不发。这可都不是在骗人。白鹤无声地栖息在河湾里。连鹞鹰都很少见到了。后来一切都静悄悄的,空气也闷热,撩人愁思,正是一番风雨欲来时的情景。大气中的变化是如此之快,非但不及回家,连找一棵可以躲大雨的云杉都几乎来不及了。

我刚安顿好,天空便雷电交加,大雨倾盆了。幸喜我找的那棵云杉,就是下一整天暴雨,也滴不到我一点。我是多么爱在这样的大雨中,坐在云杉树下,沉思默想。那些小兽和鸟儿,这时候也一定是这样坐着,而且,也在遐想……但是最好还是能够不想,再进一步呢,那就是欣然超然,能够对自己说:"别想了,就这样坐着,空气多么芳香,再好好听吧!"于是就默坐着,什么都不想,一味地听,闻。大概,禽兽们也是这样坐着的。

不料雨下个没完，我只得从云杉底下爬起身，走出来，冒雨回家。村子里经历了一场忙乱，所有的人都受了天气的欺骗，现在全身湿淋淋的，嘴里骂着，收工回家。我看见了女主人，就说："您看，道姆娜·伊万诺芙娜，蜘蛛原来比我们都懂事，没有几个出来工作的，我们却全给骗了。""可不是？"道姆娜·伊万诺芙娜答道，那双小得像蚂蚁头一般的眼睛盯着我看。

傍晚，村中谷物干燥房里发出阵阵香味。橙黄色的晚霞迟延不退，长久地衬托出村舍、谷物干燥房和柳枝的侧影。白茫茫的浓雾偷偷地低低降临草地，不久便是星斗满天的夜晚了。

客人们

我们有满堂的客人。附近的柴垛（躺在那里等发大水达两年之久）中有一只鹳鸲鸟向我们走了过来，它纯粹是出于好奇心，只想看一看我们。那劈柴估计够我们烧五十多年——看有多少！它们在风里，雨里，烈日中白白地躺了几年，都发黑了，许多垛儿都歪歪倒倒，有的已如画地塌下来了。无数昆虫在腐朽的劈柴中繁殖起来，其中有大量的鹳鸲。我们很快就发现了一种方法，能在短短的距离中拍摄这些细小的鸟儿：如果鸟儿停在柴垛的背面，要把它呼唤过来时，我们就得从远远的地方露一下身，再立刻躲起来。那时鹳鸲为好奇心所驱使，就跑到柴垛的边上来，从转角处向你窥视，而你看见它正好是在照相机预先对准了的那块木柴上。

这真好像做击棒游戏一样，只不过那是孩子们玩的，这儿却是我老头儿和小鸟儿玩了。

飞来一只白鹤，在黄色的沼泽中小丘之间流过的小河对岸落下，低头散起步来。

鱼鹰飞了来，微微扇动着翅膀，停在空中，专心察看下面的猎物。

尾巴头上呈凹形的老鹰飞来，在高空翱翔。

鸢鸟也飞来了，它最爱吃鸟蛋。它来后，所有鹳鸲都从柴垛中出来，像蚊子一样跟在它后面飞。一会儿看家的乌鸦也加到鹳鸲群中去。巨大的猛禽露出一副很可怜的样子，这庞然大物也居然惊慌失措，东西乱窜，恨不得立刻逃脱。

林鸽们发出"呜——呜"的声音。

松树林中有一只杜鹃不倦地啼啭着。

苍鹭从干枯了的老芦苇丛中猛地跃起。

野乌鸡就在附近喋喋不休地叫着。

芦鹀发出啾啾声，停在一枝细细的芦苇上摇来摆去。

鹂鹠在落叶堆中吱的叫了一声。

天气再暖和一些以后，稠李的叶子也宛如绿翼的小鸟，飞来做客，并且歇下来了，紫色的银莲花也来了，瑞香也一直待到树林各层都长满嫩绿的叶芽的时候。

还有早春的杨柳，它上面落了一只蜜蜂，一只丸花蜂嗡嗡叫着，还有一只蝴蝶折起了翅膀。

毛茸茸的狐狸像有什么心事，在芦苇丛中闪了一下。

蝮蛇蜷伏在小丘上，发干了。

这令人销魂的时刻，好像没有尽头。但今天我在沼泽上从一个小丘跳到另一小丘行进的时候，发现水里有一种东西，弯身一看，原来是数不尽的像蚊子一样小的鞭毛虫。

这些鞭毛虫过不多久会长出翅膀，从水中出来，用腿立在对它们说来是硬的水面上，然后再一鼓作气飞起来，嗡嗡不休。那时，由于这吸血鬼，艳阳天就变成了阴天。不过也要说，这支大军倒能捍卫沼泽森林的童贞，不让避暑的人来消受这处女地的美丽。

一条斜齿鳊在游着。两个渔人划着一只小船来了。我们只得依依不舍地收拾东西离开，他们却立刻在我们的地方生起篝火，挂上提锅，把鳊鱼刮了做鱼汤，一会儿做好，三两口吃光，没有吃面包。

在这个唯一干燥的小地方，可能原始的渔人也生过篝火的，而现在我们却把汽车开到了这里。我们的帐篷里有一个旅行灶，在我们把帐篷收起来以后，芦鹀就飞了来，在搭帐篷的地方啄食什么东西。这是我们最后的客人。

一年四季

一年四季千变万化，其实除了春、夏、秋、冬以外，世界上再没有更准确的分法了。

自然晴雨表

一会儿细雨蒙蒙，一会儿太阳当空。我拍摄下了我那条小河，不料把一只脚弄湿了，正要在蚂蚁做窝的土丘上坐下来（这是冬天的习惯），猛然发现蚂蚁都爬出来了，一个挤一个，黑压压的一群，待在那里，不知要等待什么东西呢，还是要在开始工作以前醒醒头脑。大寒的前几天，天气也很温暖，我们奇怪为什么不见蚂蚁，为什么白桦还没有流汁水。后来夜里温度降到零下十八度，我们才明白：白桦和蚂蚁从结冻的土地上，都猜到了天会转冷。而现在，大地解冻了，白桦就流出了汁水，蚂蚁也爬出来了。

最初的小溪

我听见一只鸟儿发出鸽子般的"咕咕"叫声，轻轻地飞了起来，我就跑去找狗，想证明一下，是不是山鹬来了。但是肯达安静地跑着。我于是回来欣赏泛滥的雪融的水，可路上又听见还是那个鸽子般"咕咕"叫的声音，并且一而再地听见了。我拿定了主意，再听见这响声时，不走了。于是慢慢地，这响声变得连续不断起来，而我也终于明白，这是在不知什么地方的雪底下，有一条极小的溪水在轻轻地歌唱。我就是喜欢这样在走路的时候，谛听那些小溪的水声，从它们的声音上诧异地认出各种生物来。

亮晶晶的水珠

风和日丽,春光明媚。青鸟和交喙鸟同声歌唱。雪地上结的冰壳宛如玻璃,从滑雪板下面发出的裂帛声飞溅开去。小白桦树林衬着黑暗的云杉树林的背景,在阳光下幻成粉红色。太阳在铁皮屋顶上开了一条山区冰河似的,水像在真正的冰河中一样从那里流动着,因此冰河便渐渐往后面退缩,而冰河和屋檐之间的那部分晒热的铁皮却愈来愈扩大,露出原来的颜色。细小的水流从暖热的屋顶上倾注到挂在阴冷处的冰柱上。那水接触到冰柱以后,就冻住了,因此早上的时候,冰柱就从上头开始变粗起来。当太阳抹过屋顶,照到冰柱上的时候,严寒消失了,冰河里的水就顺着冰柱跑下来,金色的水珠一颗一颗地往下滴着。城里各处屋檐上都一样,黄昏前都滴着金色的有趣的水珠。

背阳的地方还不到黄昏时,早就变冷了。虽然屋顶上的冰河仍然后退着,水还在冰柱上流,有些水珠却毕竟在阴影处的冰柱的末尾上冻结住,并且愈结愈多。冰柱到黄昏开始往长里长了。而翌日,又复艳阳天,冰河又复向后退,冰柱早上往粗里长,晚上往长里长,每天见粗,每天见长。

春 装

再要不了几天,过那么一个星期,大自然便会用奇花异草,青葱的苔藓,细嫩的绿菌,把森林中这满目败落的景象掩盖起来了。看着大自然一年两度细心打扮自己形容憔悴、恹恹待死的骨骼,着实令人感动:它第一次在春天,用百花来掩盖,免得我们再看见,第二次在秋天,用雪来掩盖。

榛子树和赤杨树还在开花,金色的花穗现在还被小鸟惹得飘下蒙蒙花粉来,但是毕竟物换星移,这些花穗虽还活着,好时光却已过去了。现在满目都是星星一般的蓝色的小花儿,娇俏妩媚,令人叹赏,偶尔也会遇见瑞香,一样有惊人的美色。

林道上的冰融化了,畜粪露了出来,数不尽的种子仿佛嗅到了粪香,从云杉球果和松球果里飞到了它的身上。

稠李凋谢了

白色的花瓣纷纷落在牛蒡、荨麻和各种各样绿草上,那是稠李凋谢了。接骨木和它下面的草莓却盛开起花来。铃兰的一些花苞也开放了,白杨树的褐色叶子变成了嫩绿色,燕麦苗像绿衣小兵一般散布在黑色的田野上。沼泽里的薹草高高地站立着,在黑魆魆的深渊里投下了绿色的影子,一些小甲虫在黑色的水中飞快地转着圈子,浅蓝色的蜻蜓从一个绿茵茵的薹草岛上飞到另一个岛上。

我在荨麻丛中的发白的小径上走着,荨麻的气味重得使我浑身发痒。成了家的鹟鸟们惊叫着把凶恶的乌鸦赶开了自己的窝,赶得老远老远。一切都是很有趣的:数不清的动物生活中的每一件小事,都说明着大地上的和谐的生命运动。

杨 花

我拍摄白杨树上的鞭毛虫,它们正把杨花纷纷撒落下来。蜜蜂儿迎着太阳顶风飞着,犹如飞絮一般。你简直分辨不出,那是飞絮,还是蜜蜂,是植物种子飘落下来求生呢,还是昆虫在飞寻猎物。

静悄悄的,杨花蒙蒙飞舞,一夜之间就铺满了各处道路和小河湾,看去好像盖上了一层皑皑白雪。我不禁回想起了一片密密的白杨树林,那儿飘落的白絮足有一厚层。我们曾把它点上了火,火势就在密林中猛散开来,使一切都变成了黑色。

杨花纷飞,这是春天里的大事。这时候夜莺纵情歌唱,杜鹃和黄鹂一声声啼啭,夏天的鹟鹩也已试起歌喉了。

每一回,每一年春天,杨花漫天飘飞的时候,我心里总有说不出的忧伤:白杨种子的浪费,好像竟比鱼在产卵时的浪费更加大,这使我难受而不安。

在老的白杨树降白絮的时候,小的却把肉桂色的童装换为翠绿色的丽服:就像农村里的姑娘,在过年过节串门游玩的时候,时而这么打扮,时而那么打扮一样。

人的身上有大自然的全部因素;只要人有意,便可以和他身外所存在的一切互相呼应。

就说这根被风吹折下来的白杨树枝吧,它的遭遇多么使我们感动:它躺在地上林道的车辙里,身上不止一天地忍受着车轮的重压却仍然活着,长出白絮,让风给吹走,带它的种子去播种……

拖拉机耕地,不能机耕的地方用马来耕;分垄播种机播种,不能机播的地方用筐子照老法子来播,这些操作的细节令人看不胜看……

雨过后,炎热的太阳把森林变成了一座暖房,里面充满了正在生长和腐烂的植物的醉人芳香:生长着的是白桦的叶芽和纤茸的春草,腐烂的是别有一种香味的去岁的黄叶。旧干草、麦秆以及长过草的浅黄色的土墩上,都生出了芊绵的碧草。白桦的花穗也已绿了。白杨树上仿佛小毛虫般的种子飘落着,往一切东西上面挂着。就在不久以前,去岁硬毛草的又高又浓密的圆锥花序,还高高地兀立着,摇来摆去,不知吓走过多少兔子和小鸟。白杨的小毛虫落到它身上,却把它折断了,接着新的绿草又把它覆盖了起来。不过这不是很快的,那黄色的老骨骼还长久地披着绿衣,长着新春的绿色的身体。

第三天,风来散播白杨的种子了。大地不倦地要着愈来愈多的种子。微风轻轻送来,飘落的白杨种子越来越多。整个大地都被白杨的小毛虫爬满了。尽管落下的种子有千千万,而且只有其中的少数才能生长,却毕竟一露头就会成为葱郁的小白杨树林,连兔子在途中遇上都会绕道而过。

小白杨之间很快会展开一场斗争:树根争地盘,树枝争阳光。因而人就把它们疏伐一遍。长到一人来高时,兔子开始来啃它的树皮吃。好容易一片爱阳光的白杨树林长成,那爱阴影的云杉却又来到它的帷幕下面,胆怯地贴在它的身边,慢慢地长过它的头顶,终于用自己的阴影绝灭了爱阳光的不停地抖动着叶子的树木……

当白杨林整片死亡,在它原来地方长成的云杉林中西伯利亚狂风呼啸的时候,却会有一棵白杨侥幸地留存在附近的空地上,树上有许多洞和节

子,啄木鸟来凿洞,椋鸟、野鸽子、小青鸟却来居住,松鼠、貂常来造访。等到
这棵大树倒下,冬天时候附近的兔子便来吃树皮,而吃这些兔子的,则是狐
狸:这里成了禽兽的俱乐部,整个森林世界都像这棵白杨一样,彼此有千丝
万缕的联系,都应该描绘出来。

我竟倦于看这一番播种了,因为我是人,我生活在悲伤和喜悦的经常交
替之中。现在我已疲乏,我不需要这白杨,这春天,现在我仿佛感到,连我的
"我"也溶解在疼痛里,就连疼痛也消失了——什么都不存在了。我默默地坐
在老树桩上,把头捂在手里,把眼盯在地上,白杨的小毛虫落了我一身,也毫
不在意。无所谓坏的,无所谓好的……我之存在,像一棵撒满白杨种子的老
树桩的延续。

但是我休息过来了,惊讶地从异常欢愉的安谧之海中恍然苏醒,环视了
四周,重新看到了一切,为一切而欣喜。

第一只虾

雷声隆隆,雨下个不休,太阳在雨中露脸,一条宽大的虹从天的这边伸
到那边。这时候稠李开放了,一丛丛的野醋栗欹斜水面,也转绿了。第一只虾
从一个洞中探出头来,微微动了一下触须。

春天的转变

白天,空中的一个高处挂着"猫尾巴",另一个高处云团浮沉,有如一大
队数不尽的船只。我们真不知道天会刮旋风,还是逆旋风。

到了傍晚,才都明显起来:正是在今天傍晚,梦寐以求的转变开始了,没
有打扮的春天要转变为万物翠绿的春天了。

我们到一片野生的森林中去侦察。云杉和白桦之间的土墩上残留着枯
黄的芦苇,使我们回想起春天和秋天的时候,这片森林该是如何密不透光,
无法穿越的。我们是喜欢这种密林的,因为这里空气温暖宜人,万物春意深
浓。突然近旁水光闪了一闪,原来那是涅尔河,我们欢欣若狂,直奔了河岸

去,仿佛一下子到了另一个气候温暖的国度,那里生活沸腾,沼泽上的百鸟争鸣不休,大鹬、沙锥发着情,好像小神马在阴暗下来的空中驰骋,野乌鸡呼唤着伴侣,白鹤几乎就在我们的身边发出喇叭般的信号;总之,这儿的一切都是我们所喜爱的,连野鸭也敢落在我们对面的澄清的水中。人的声音一点也没有:既没有鸟笛声,也没有发动机的嘟嘟声。

就在这个时刻,春天的转变开始了,万物茁长,百花争艳。

柳 兰

转眼夏天到了,在森林的阴凉处,散发着像瓷一样白的"夜美人"的醉人芳香,而在树桩旁边的向阳地方,伫立着我们森林中的丰姿英俊的美男子——柳兰。

河上舞会

黄睡莲在朝阳初升时就开放了,白睡莲要到十点钟左右才开放。当所有的白睡莲个个争奇炫巧的时候,河上舞会开始了。

旱 天

大旱仍没有完。小河干透了,只留下些原来被水冲倒、可以当桥过河的树木,猎人追索野鸭时走出来的小路也还留在岸上,沙地上却有鸟兽的新鲜足印,它们是照老例到这儿来喝水的。它们一定能在什么地方的小深水坑里找到水喝的。

小白杨感到冷

在秋高气爽的日子里,云杉树林的边上聚集着颜色深浅不一的幼小的白杨树,一棵挨着一棵,密密匝匝,似乎它们在云杉林中感到冷,伸到林边来晒太阳取暖。这真像我们农村里的人,也常出来坐在墙根土台上,晒太阳取暖。

落叶期

　　茂密的云杉林中出来一只兔子,走到白桦树下,看见一片大空地,就停下了。它不敢径直走到空地对面去,只顺着空地的边,从一棵白桦到另一棵白桦绕过去。但在中途又停下来, 侧耳细听着……要是在森林中怕这怕那的,那么在树叶飘落,窃窃私语的时候,就最好别去。那兔子一边听,一边老觉得后面有什么东西窃窃私语,偷偷地走近来。当然,胆小的兔子也可以鼓起勇气,不去回头看,但这里往往有另外的情况:你倒不害怕,不受落叶的欺骗,可是恰恰这时有个东西,趁机悄悄地从后面把你一口咬住。

降落伞

　　连蟋蟀也听不见草丛中有自己同伴的声音,它只轻轻地叫着。在这样宁静的时候,被参天的云杉团团围住的白桦树上,一张黄叶慢慢地飘落下来。连白杨树叶都纹丝不动的宁静时候, 白桦树叶却飘了下来。这片树叶的动作,仿佛引起了万物的注意,所有云杉、白桦、松树,连同所有阔叶、针叶、树枝,甚至灌木丛和灌木丛下的青草,都十分惊异,并且问:"在这样宁静的时候,那树叶怎么会落下来呢?"我顺从了万物的一致要求,想弄清那树叶是不是自己飘落下来。我走过去看个究竟。不,树叶不是自己飘落下来的,原来是一只蜘蛛,想降到地面上来,便摘下了它,作了降落伞:那小蜘蛛就乘着这片叶子降了下来。

星星般的初雪

　　昨天晚上没来由飘下了几片雪花,仿佛是从星星上飘下来的,它们落在地上,被电灯一照,也像星星一般烁亮。到早晨,那雪花变得非常娇柔:轻轻一吹,便不见了。但是要看兔子的新足印,也足够了。我们一去,便轰起了兔子。

　　今天来到莫斯科,一眼发现马路上也有星星一般的初雪,而且那样轻,麻雀落在上面，一会儿又飞起的时候，它的翅膀上便飘下一大堆星星来，而马路上不见了那些星星以后，便露出一块黑斑，老远可以看见。

森林中的树木

一片皑皑白雪。森林中万籁俱寂，异常温暖，只怕雪都要融化了。树木被雪裹住，云杉垂下了沉重的巨爪，白桦屈膝弯身，有的甚至把头低到地上，形成了交织如网的拱门。树木就像人一样：云杉在无论怎样的压力下面，没有一棵会弯腰屈膝，除非折断完事，但是白桦，却动辄就低头哈腰。云杉高耸着上部的枝叶，傲然屹立，白桦却在哭泣。

在下了雪的静谧的森林中，戴雪的树木姿态万千，神情飞动，你不禁要问："它们为什么互不说话，难道见我怕羞吗？"雪花落下来了，才仿佛听见簌簌声，似乎那奇异的身影在喁喁私语。

人的踪迹

我的家

我爱大自然中的人的踪迹,爱人赤脚行走于树木之间所留下来的印迹:一脚又一脚,串连成一条弯弯曲曲的小径,通过绿茸茸的草地、苔藓、暴露的树根,穿过蕨草、松树,向下过了小河的独木桥,又急转直上,像登楼梯似的顺着树根往高处去。

唉,我的亲爱的人们,只要回想起自己的小径,真有说不完的话:我的脚踏遍了森林、草原、山岳,到处都有我的家,只要我曾在那儿写成过一篇故事。

蜜

五月的寒意已经消尽,天气暖洋洋的,稠李没有光泽了。花楸却抽华吐萼,丁香也盛开起来。花楸一开花,春天便完了,等到它发红,夏天也要过去了,入秋以后,我们开始打猎,在打猎中经常会遇见殷红的花楸果,直到冬天的来临。

要说出稠李散发的究竟是怎样一种香味,是不可能的,因为没有东西可以拿来比较,是说不出来的。有一年春天,我初次闻它的时候,我回忆起了我的童年,我的亲人,我想他们也是一样闻过稠李,也是像我一样说不出它散发的是什么气味的。就连祖父,连曾祖父,连生活在唱伊戈尔王远征歌谣的时代,或更加早得多的已被人完全遗忘的时代的人们,也是这样的——因为那时候也有稠李,有夜莺,有百样啼鸟,有千种花草,以及和它们密切相关形成我们的故乡感情的种种体验和感受。单凭这稠李的香味,你就可以和整个过去联系起来。眼下它却将要凋谢了。我最后一次把花送到鼻下——最后一次徒然地想弄明白,稠李到底散发的是什么香味。我惊奇地感到那花有一股蜜的气味。是啊,我回想起了稠李在即将凋谢的时候,散发的不是我们所闻惯的那种特别的气味,而是蜜的气味,这就告诉了我,无怪乎那是花啊……纵然它们现在要飘落了,但同时聚集了多少蜜啊!

森林中的人

我看着在芦苇丛中划船的渔人。黑水鸡,芦苇,水,倒映在水中的树木,这整个世界连同周围的一切,都好像在发问;它们想要得到的答案,就在这个划船的人的身上:这个划船的人,就是你们要问的,就是你们所期待的,这是你们自己的"理智"在航行。

审判员打猎

我的一个当人民审判员的朋友,晚上到沼泽上去猎野鸭,在那河边一直待到次日早晨,到鸟儿飞归宽水区的时候。从昨晚起,他才打过一只绿头鸭,因为空气宁静而湿润,枪烟弥漫在宽水区上,像一片阴空,他连那野鸭是被打死在宽水区里,还是飞走了,也不知道。这以后不多一会工夫,浓重的夜雾就从两岸飘下来,把人民审判员笼罩了整整一宿。沼泽上的雾霭在他是看不透的;稀疏的最大的星辰也显得暗淡无光,后来整个天空都暂时隐藏起来了,就像阴天的太阳对我们隐藏起来一样。入夜以后,在这紧盖着杜布内沼泽的白色被子似的雾霭上空却星月交辉,清艳莹彻。天将破晓时,气温转冷,人民审判员冻醒了。他没有立时要爬起来,他以为右侧是躺在干草上,所以比左侧感到暖和。他试着翻动身子,这才明白右侧是躺在水里;和黎明时分转冷的空气比起来,他把水误当作温暖的干草了。

这时候,我顺着小丘上的狭路,在星光下向微微发白的东方走去,心中想着被白色被子似的雾霭遮掩起来的审判员:我想,如果这时候天再不起变化,审判员今天早晨又打不成野鸭了。我不羡慕这位审判员,不羡慕这位打野鸭的猎人,我带了狗,兴奋地朝突然出现的一大群大鹬走去。

梭　鱼

我们在河中航行,只见岸上有一个戴白便帽的青年人,非常激动地在自言自语,还夹着恶骂。我们就从水上朝岸上问道:"是怎么回事?……"青年人倒高兴起来,把一条大梭鱼如何被他用鱼叉逮住,他如何几乎把鱼提了上来,不料钓丝断了,梭鱼就逃回了水中一席话,一五一十说了一遍。有什么办法呢,只得作罢:这在谁都是常有的事……可是真叫人有意想不到的高兴:那条梭鱼竟肚子朝上浮了起来,微风慢慢地把它送到岸边。好容易等了半天,一把逮住,不料又马上挣脱了。现在已经过去了一个钟头,再不出现了。

"你是怎么逮的?"彼嘉问。

"两只手捧住鱼肚。"

"这么说,您是从来也不曾逮过梭鱼的了:得把手指插到眼睛里去逮才行啊。"

"我知道插到眼睛里去逮,可它是死的啊,肚子都往上翻了。"

"不管它肚子往上翻不往上翻,对这种家伙可万万不能大意,需要警惕啊,同志。"

那渔人可没有心思开玩笑;他大概想起了手榴弹炸鱼的事,就残酷地回答说:"得用炸弹轰掉这些鬼东西!"

啄木鸟的作坊

小 舟

太阳照在河的浅滩上,水面光影点点,犹如一张金丝网。藏青色的蜻蜓在芦苇丛和问荆丛中飞来飞去。每一只蜻蜓都有它自己的一棵问荆或芦苇,它从那里飞下来,后来又飞回那里去。

乌鸦孵过了雏儿,愣头愣脑的,无精打采,在休息着。

一张小极了的叶子,驾着游丝飘落水面,你看它转动得多么轻盈!

我泛舟河上,顺流而下,心中想着大自然;现在大自然在我是一种起始不明的东西,是一种"赐予",人类本身才在不久以前从它那里出来,现在又从它那里创造自己的东西——创造第二个大自然了。

两种高兴

我们觅到了蘑菇,十分高兴,蘑菇也好像和我们一样高兴。有的蘑菇是自己在森林中生长的,我们在休息的日子里常去寻觅,有的是我们在地窖里培养出来的。前一种——你为它自己生长却被我们白白得来而高兴,后一种——我们为我们自己培植出来而高兴。一是蘑菇"自己",一是我们"自己"。

蘑菇只在没有被人发现以前才生长,以后它便成为食用品了。作家的成长也正是这样……一部书给拿走了,得再重新从那个地下的蘑菇园里,靠了温暖的细雨成长起来,直到食用者来了,发现了你,把你从根上摘了去。创作是在阔叶和针叶的庇荫下静静地完成的。

啄木鸟的作坊

我们在森林里游春,观察大鹛、啄木鸟、猫头鹰的生活。突然,在我们以前做过记号的一棵有趣的树木那边,传来了锯木的声音。人告诉我们,说那是在伐枯木,给一家玻璃工厂做柴烧。我们却替自己那棵树担心,赶紧顺着锯木声奔了去,可是晚了。在锯倒了的白杨树的树桩周围,有许多云杉球果的空壳:这都是啄木鸟在漫长的冬天里剥食了的。啄木鸟把它们觅得来,搬到这棵白杨树上,放在两根树杈之间,然后啄食。这白杨树是啄木鸟的作坊。

两个老头儿,个体农民,终年只以伐木为生。他们的样子,就像是被判为永远砍柴的老罪人。

"你们就和啄木鸟一样。"我们一面说,一面指着啄木鸟的作坊上的球果。

"你们的罪孽是要报应的,老孽种。"说着,对他们指着锯倒了的白杨。

"叫你们砍的是枯树,可你们干出什么来了?"

"啄木鸟凿了无数洞,"罪人们回答道,"我们看了看,自然把它锯了。"

说着大家都仔细看那棵树。树是依然生机勃勃的,只在不长的一截——不过一米——树干被蛆虫蛀了。显然,啄木鸟像医生一样听诊过这棵白杨,知道被蛆虫蛀空了,于是就动手术取蛆虫。当它凿出一个洞时,蛆虫往上去了:啄木鸟没有算准。它连着凿了第三次、第四次……一棵不大的白杨树干变得像一支带音键的竖笛:外科医生啄木鸟凿了七个洞,在第八个洞里才找到蛆虫,拖了出来,救了这棵白杨树。我们把那截树干锯了下来,这可做博物馆的珍贵陈列品。

"你们看,"我们对老头儿说,"这是森林的医生,它救了白杨树的命。"

老头儿不胜惊讶。有一个甚至向我们挤挤眼,并且说道:

"我们干的工作里,说不定也不单单是些空球果啊。"

我是什么都爱拿自己作家这个行当去比较的,于是也想:"我也并不是只说些空话啊。"

风　格

我的朋友，艺术家的风格是从包罗世界的激情中产生的，只有懂得这一点，并且亲身体验到这一点，同时学会抑制激情，小心地表达它，这样，你的艺术风格才会从你个人的吞噬一切的欲望中产生出来，而不是从单纯的学习技巧中产生出来。

自来水笔

天赋即便不很高，也能成为艺术大师的。为此须得善于在创作中寻觅不朽的东西（即所谓"自来水笔"①）。须得根据那些得手的不朽的东西来创造新的作品，在新的作品中寻觅那得手的东西。如此日积月累，让自己的作品能饱含"不朽的"东西，而且孜孜不倦地精益求精。如果一辈子照我说的这样做去，便会感到自己有充足的信心。可惜许多人在写作的时候是没有信心的，是靠了天赋的，是"照上帝所赐"写的。他们像"季节之王"在社会上一闪，立时便文思枯竭了——"上帝赐予，上帝又收回了"。

热切的关注

为了描写树木、山崖、河流、花上的小蝴蝶，或在树根下生活的鼩鼱，需要有人的生活。倒不是为了比较树木、岩石或者动物，并赋以人性，才需要有人的生活，而因为人的生活是运动的内在力量，是汽车上的发动机。一个作者，应该在自己的才能上达到使这一切极为遥远的东西变得亲近起来，为人所能理解。

损　失

我今天出得门来，心中充满了清晨的喜悦，这种心情，总要为它自己找

①原文是双关语，除"自来水笔"外，还有"不朽的笔墨"的意思。——译者

一件可以体现的东西,而且往往会很快地找到:也许,是那鸢鹰,它显得那么笨重,快快地从湿润的树上飞下来;也许,是那云杉,它赏给你丰富的浅绿色的球果,也许,你会发现,地上有一朵红色的饱满的蘑菇,你再回头一看,又见到一朵,又见到第三朵,整个空地上全是蘑菇,蘑菇……

我见到这朵也摘,见到那朵也摘,眼不离地,一直摘去。于是,我被寻找蘑菇的这个目的捆住了,整个身心都在这上头了,再也不能在大自然中发现什么了。

话语和种子

我在林边和一位耕着地的庄员聊天,谈到一片白杨树林要能长成,必得白白费掉多少种子:自然界安排得多么不对。

"不过,人也往往有这样的事,"我说,"就拿我们作家来说,要一个东西成长起来,有多少话语得白费掉呵。"

"所以说,"那庄员把我的话做了总结,"既然连作家都有空话,我们还能要白杨树怎么样呢?"

暴风雪

有时候心中千头万绪,一如纷纷大雪,回旋穿插乱飞,一丝想头也把握不住,不过凄婉的情味却一点也没有,这心中思绪的风雪,就好像在阳光下刮起的。我于是从这个内心世界中,从这个眼下无法把握住一个想头可资深入思索的内心世界中,去望那外部世界,只见那儿也充满明媚的阳光,在冻结的银色雪地上,也有一阵阵风雪在飞窜。

世界是美丽非凡的,因为它和内心世界相呼应,把它继续了下去,并使它扩大,增强起来。光的春天,我现在是从阴影上来辨认的:我走的路已被雪橇压过,路的右边是蓝幽幽的影子,左边是银晃晃的影子。你顺着雪橇的辙迹走,就好像能够无止境地走下去。

人的宝藏

峡谷里的森林下层既潮湿,又同地窖一样阴暗,你好不容易从这黑魆魆的深渊中出来,穿过被蛇麻草缠住身的赤杨树和荨麻,到了奇花烂漫,蝴蝶蹁跹,树浪环绕的草地上。这时候,你才确确实实地知道,才以整个身心理解到,这周围有多么大的不曾取走的财富,圣约翰节①前夜人人想觅宝发财,在这财富前面简直微不足道。你蓦然想起了那些宝藏以后,反会因为人的想象力的贫乏和某种浅薄而感到吃惊。睁开眼睛看看吧,没有被人取走的财富毫不神秘地聚在你的眼下。它们不是在哪儿地下,就在你的眼下:你就去取吧!你满心欢喜,站在它们面前,奇怪人为什么还不伸手去取这实在的财富,取这真正的幸福。说出来吧,给人指明吧,但是怎么说好呢,免得人家百般地称赞你,说都是因为你独具慧眼的缘故,反倒把全部幸福都糟蹋了。

自由生存

一切都是灰溜溜的,路面是棕黄色的,窗外滴着春天的最初的眼泪。我从家里出来,一走进森林,便感襟怀旷荡,真是到了一个大世界。

我望着一棵巨树,心里想着它那地下的最小的根须,那几乎像发丝一样纤细的、带有一个戴小帽的小头的根须,它为了找寻食物,在土壤中给自己打通一条弯弯曲曲的小径。是啊,我进入森林,兴奋万状时,所体验到的正是这些,这实在是体验到了一种巨大的整体,你现在就在这个整体中确定着你个人的根须的使命。我的这番兴奋,就和朝阳升起时的兴奋完全一样。

---

①圣约翰节是斯拉夫民族及欧洲某些其他民族的古老的农业节日,在这个节日里,举行种种仪式。在节日的前夜,人都去采集草药,寻觅"蕨草花",据说这种花就在这一夜开放(实际上蕨草是隐花植物),能助人发现宝藏。——译者

然而这是怎样一种若隐若现的感情啊！我几次想追溯它的发端，想将它永远把握住，像把握住幸福的钥匙一样，却始终不能如愿。我知道，这襟怀旷荡，是经过某种磨难之后得来的，是和庸俗进行不明显的痛苦的斗争的结果；我知道，我的书是我得到的许多胜利的明证，但是，我根本不相信，当遇上类似某种胃癌的最后磨难时，我也能在这一场大搏斗中得以自由生存下来。

我还知道，果然能自由生存时，那热切的关注便会大大加强。所以我现在就愉快地和整个生活融合在一起，同时却不把目光离开那个细小的、在我前面的白皑皑雪地上移动的黑脑袋。我脚下的路已被宽雪橇压实；路面被蹄子踩凹下去，形成了棕黄色的槽，槽的两边是白色的，又平又硬，是雪橇的横木来来去去磨成的，在这边上走路很是舒服。我就在这路边上走着，并且知道在拐弯处后面的棕黄色的槽中，有一只鸟儿和我保持了一段距离在跑着，它的脑袋被路边白的底色衬托出来，我可以看得清清楚楚，我从那脑袋上猜出那是一只非常美丽的蓝翅膀的松鸦。道路转直了以后，我发现除了松鸦以外，还有一只红雀和两只鹀雀，也和我保持了距离跑着。

追求王位者

在艺术作品中，美丽是美的，然而美丽的力量却在于真理：可以有无力的美丽（唯美主义），却没有无力的真理。

古来有无数坚强勇敢的人，伟大的演员，伟大的艺术家，但俄罗斯人的本质不在于美丽，不在于力量，而在于真理。如果竟是整批的人，整个的外貌都浸透了虚伪，那么对于基本的文明的人来说，这却不是基本的状况，他们知道，这虚伪是敌人的勾当，一定会消失的。

伟大的艺术家不是在美丽中，而仅仅是在真理中为自己伟大的作品吸取力量的，而这种像婴儿一般天真的对于真理的崇拜，艺术家对于伟大真理的无限的恭顺，就在我们的文学中创造出了我们的现实主义；是的，我们的现实主义的实质就在这里：就是艺术家在真理面前的忘我的恭顺。

作家和写生画家

上午,太阳从"猫尾巴"后面照耀着,午后,下起了热烘烘的小雨。这对于庄稼真是太好了。中饭前我在格林科沃附近拍摄了一条还盛开着稠李的小河;我还拍摄了俯首恭立的蕨草、款冬和河上一簇簇的黄花。蚊子不住地咬我,同时夜莺却在耳边啼啭,斑鸠咕咕不休,黄鹂互相呼唤,林鸽肆声乱叫。我不单照了相,居然还在小本子里写了些东西,因为我的心境实在是好,我的生活经验的线索有时会汇合,思想便从这里产生出来。

写生画家也正是这样做草图的——在沼泽上看见一个写生画家在工作,没有一点可以奇怪的地方。但对这样工作的作家,为什么看起来感到奇怪呢?大概是因为在一般人的理解中,作家是安乐的艺术家,是关在书房里的吧。

我的狩猎

有些人说我身体健壮,是因为营养好,常呼吸新鲜空气的缘故:"您的脸色多好啊,大概还是老习惯,住在森林里吧。打猎情况怎么样?"我总是有礼貌地回答说,森林和打猎是健康的最好条件……我的森林!我的狩猎!他们能到沼泽上的蚊子成群的森林里走走,能在牛虻的歌声中玩几个钟头就好了!说来也是一样的——我的狩猎!我用外部的平常的狩猎,来在大家面前掩盖和辩护我那内部的狩猎。我是追捕自己的心灵的猎人,我时而在幼嫩的云杉球果上,时而在松鼠的身上,时而在阳光从林荫间的小窗子中照亮了的蕨草上,时而在繁花似锦的空地上,发现和认出了我的心灵。可不可以猎捕这个东西呢?可不可以把这件美事对无论什么人直言呢?不消说,简直谁也不会明白的,但是如果有了打沙鸡这样一个目的,那么以打沙鸡为名,也是可以描写自己如何猎捕人的美丽的心灵的,而那美丽的心灵之中,也有我的一份。

我之有健壮的身体("脸色多么好"),不是因为沼泽上的森林空气好,也不是因为营养好:我的营养是最平常的。我以探求美好事物的希望和欢乐而生活,我有可能从这里吸取营养,因为我多少已准备好承受那件憾事了:如果我问杜鹃,我还能活多久,它却不把两声"咕——咕"连着叫完,只是"咕"的一声就飞走了。

创造彩色的力量

我歇在汽车里,望着被白雪覆盖着、被旭日照得艳艳生光的森林,心底里不禁回忆起了一个旧的想法:就是这种美丽的景象,只有用彩色才能够留得住,整个问题都在彩色上头。我又回想起了一个窃听来的定义:空间就是创造彩色的力量……

为直的道路而斗争

我窗前那片还没有被水淹没的圆形草地上,均匀地布着化了雪的地面,水洼和小圈的白雪;一道白痕从这些白的、青的、黄的东西上直向远方伸展了开去。这样笔直的痕迹,在自然界中是不可能有的,你一看就会猜到,这是人在冬天走出来的道路。但是我在天空上也看见了这样一道笔直的痕迹,它把云朵都划破了。我左思右想不明白:这样笔直的东西,只有人才会作得出来,可是云端里有什么人呢!

突然一架飞机从云层里飞了出来,这才破了谜:空中这笔直的痕迹,是人留下来的。在地面上,在空中,都在进行着为直的道路的斗争。

译后记①

□潘安荣

米哈伊尔·米哈伊洛维奇·普里什文(1873—1954)是苏俄著名作家。他的作品具有非常独特的风格,主要是描写自然界的生活,歌唱与大自然紧密联系的人的创造性劳动。

普里什文在1873年1月23日出生于奥尔洛夫省叶列茨县(现今的利彼茨克州叶列茨区)赫鲁晓沃村一个商人家里。1897年还在学生时代,就因参加马克思主义革命小组的活动以及翻译德国革命家倍倍尔著《妇女的过去、现在和将来》一书,而被捕入狱。刑期满后,他去德国进莱比锡大学攻读农艺,毕业后回国在莫斯科近郊当农艺师,并为一些农学杂志撰稿,写过《大田作物与蔬菜作物的马铃薯》等专业著作。

他在从事农艺工作中,细心观察自然,又收集民间故事、民歌,从而产生了对文学创作的兴趣。他终于抛弃了农艺师职业,徒步去北方旅行,写成了他的文学处女作《在鸟不受惊的地方》(1907),一举成名。同时他经常为报刊写随笔和小说,第一次世界大战中当过军事记者,革命后当过乡村教师。

普里什文的早期作品,像《小圆面包》(1908),《黑脸的阿拉伯人》(1910)等,主要是通过对于纯真的大自然的诗的感受,展示了人类的精神生活。普里什文的才智在十月革命后显得益发瑰丽、成熟,写出了许多描述自然界以及儿童生活的作品,如:《大自然的日历》(1925),《人参》(1933),《叶芹草》(1940),《林中水滴》(1943),《太阳宝库》(1945),《恶老头的锁链》(1960,始

①本后记系已故潘安荣先生1983年为《林中水滴》所作译后记,附录于此,以供读者参考。本次出版除个别明显的错字外,一应保留原样。——编者

于 1923），等等。数十年来，苏联一直不断出版他的各种单行本和选本，较大型的选集先后出了六种，最新一种是八卷本（估计有四五百万字）。研究他的创作的专著，已知的也有五种。

普里什文作品的体裁有长、中、短篇小说，散文诗，儿童故事，特写，等等。这里所收的主要是散文诗。这种散文诗，作家本人喜欢称为诗体随笔，也有人称为哲理抒情散文（如苏联新版《百科词典》）。普里什文的许多小说都是以散文笔法写的。散文诗是普里什文创作的最高成就。

下面对本书所收四篇作品略加介绍。

《秋天》是从《大自然的日历》一书中摘译的。该书分为《春天》《夏天》《秋天》《冬天》四个部分，是写大自然景物和打猎活动的。普里什文上中学时就向往"梦想之地"，追求"不平凡之物"。他的《在鸟不受惊的地方》等早期作品，就是到偏远的异乡旅行以后写成的。十月革命后，普里什文虽也旅行，但不再像早年那样去寻找梦想的福地了，他说："我明白了，我四处漂泊，不断寻觅，就是要找我的祖国。现在我把它找到了。"他于 1922 年举家迁到莫斯科郊区，悉心研究周围的大地和自然景象，于 1925 年创作出版了《别连杰伊的水泉》一书。此书当时只有《春天》部分，后来增补了《夏天》《秋天》《冬天》三部分，更名为《大自然的日历》。这本书，是普里什文二十年代创作成熟期的作品，是他多年观察、琢磨、体味而写成的艺术小品的有机结集。这些艺术小品是日记式的笔记，他说"我的笔记是不受任何约束的、我所喜爱的文学形式，这些笔记确实是在春天的口授下写的——后来几乎没有作任何加工，只根据自然界生活的运动力结集起来，这种运动力，在人的心灵中也引起了相应的运动。"因此，大自然的日历又可说是心灵的日历。他在观察自然界时，总爱联系他自身的生活，联系人生，这个特点，用我们习惯的语言来说就是"物我交融"。这在写《大自然的日历》时还刚开始，后来在《人参》《叶芹草》《林中水滴》中更为突出。所谓"在春天的口授下写的"，是指他的即景抒情小品，不是凭记忆，而是像画家写生一样在户外原地写的，在潮湿的树桩上写的。他的词句不是产生于书桌旁，而是在自然界直接观察时，不断发现动植物界的新现象和未经研究过的特点时,脱颖而出的。后来他的其他由笔记汇集的书也都如此。

《人参》是以散文诗体写的中篇小说,是普里什文的代表作。他于1931年到远东旅行了三个月,写了《亲爱的野兽》《北极狐》《花鹿》等作品,然后在这些作品的基础上,创作了《人参》(最初书名为《生命之根》)。故事是以第一人称写的,有自传成分,但主要是虚构的,属于普里什文所常写的人类改造大自然的题材。

普里什文写人参,并不是着眼于它在医学上的功效,他把人参叫作生命之根,赋予它以深刻的诗的含意,是力量、勇敢、欢乐、幸福的源泉。作品中写了一只令人难忘的美丽的花鹿形象。通过花鹿,作家表达了他常写的爱的主题(这个主题在《人参》的姐妹篇《叶芹草》中得到了进一步的发展)。他的所谓爱,是生活中的创造的源泉。《人参》的另一个主题,是友谊,体现在两个朋友的亲密合作上,一个是讲故事的当过兵的俄罗斯人,另一个是找人参的中国老人卢文。普里什文1953年在一部选本《光的春天》序言中说:"我高兴的是,我在三十年代初就已在《人参》中表达出了东方人和西方人之间,中苏两国伟大人民之间的深厚友谊的思想。"

《叶芹草》这一部散文诗,是作家自己极喜爱的作品,他说"这是我的歌中之歌"。是利用平日写成的日记式笔记创作的一部组曲,主题是写失去了的恋人。这是确有其事的,是普里什文在莱比锡大学毕业以后,到了巴黎,遇到俄罗斯女大学生瓦尔瓦拉·彼得罗芙娜·伊兹马尔科娃的一段往事。他们在春天的卢森堡花园里亲吻,拟订模模糊糊的未来计划。但他们只相爱了两个星期,因为姑娘以女性的敏感明白了,她"只是作为他起飞的一个根由",她要的是普通的、可靠的、实在的东西,而他心高志大,要飞遍天下,以便认识自己和这个世界。于是他们分手了。普里什文痛苦了好久,却又不得不瞒着别人。他终于回到了祖国,回到了俄罗斯的大地上。他事后说:"一个女人伸手拨动了一下竖琴,琴弦发出了乐声。我也曾如此:她拨动了一下,我就唱起来了。"普里什文的这个爱的主题,在《人参》等不少作品中都曾写过,但在

《叶芹草》中发挥得最充分。恋人虽然失去了,她的美丽形象却反映在自然界千变万化的景物上,令作家欣赏不尽,不时触发他的诗情。在作家笔下,恋人的美和大自然的美融成了一体。由于心里充满了爱,大自然的光、色、时空、气候等等的瞬息间的细微变化,动物的万般情趣,总是难逃他的眼睛。这部散文诗,虽是以一段段短小的笔记创作的,但形散神聚,贯穿整篇三部分的主角是作家本人,写他从孤单到合群,从不幸到幸福,终于"进入了百花争艳的世界"。

《林中水滴》这一部散文诗也同《叶芹草》一样,是利用笔记创作的,是普里什文创作成就的高峰之一。这部作品把读者带进了森林王国,鲜明生动地展示出这个王国的美丽和丰富。乌鸡、啄木鸟、松鼠、兔子和其他动物,写来妙趣横生,诗意盎然。普里什文说:"要知道我笔下写的是大自然,自己心中想的却是人。"如他在《森林中的人》这一小品中把人说成是大自然的理智,在《啄木鸟的作坊》中更从许多自然现象联系到作家的创作。因此有评论家说,《林中水滴》写出了有关大自然和创作的浓缩的哲理,这是不无道理的。

普里什文是写景寓情、托物言志的高手,作品中充满了深沉缠绵的感情和引人思索的哲理,因此他喜欢把自己的散文诗称为诗体随笔。他的许多日记式的笔记,如同他的长、中、短篇小说中的许多段落一样,是散文诗的典范,是难以同其他任何作家的作品混同的。这些散文诗清丽流畅,意境隽永,读来令人爱不释手。普里什文说:"我一辈子为了把诗放进散文而费尽心血。"因为写诗比较容易以外在的诗律来悦人耳目,而散文却缺乏许多外在的悦人耳目的形式。从这方面来说,散文似乎更困难,更朴实。而普里什文的散文诗,却有一种特别的语言韵律,这是他长期研究人民活的语言,研究民间创作的成果。苏联作家巴乌斯托夫斯基评论说:"普里什文的语言绚丽多彩,闪耀夺目。时而有如芳草簌簌作声,时而有如清泉潺潺流淌,时而有如百鸟啾啾争鸣,时而有如薄冰悄悄脆响,时而有如星移斗转般缓慢的旋律印在我们的脑际。"在苏俄文学史上,普里什文是公认的语言大师。

普里什文散文诗的基本特点,是在于诗同哲理、同观察的准确性相结合。他之所以能准确观察大自然,得力于他原是一位通晓动植物的专家,他有一个科学的头脑。苏俄大诗人勃洛克看完普里什文写的《小圆面包》一书后说:"这当然是诗,但是还有一种东西。"普里什文后来解释说:"每篇随笔中都有的这一种东西,它不是来自诗意,而是来自学者的思考,也许还有来自追求真理者的探索……"普里什文竭力要把"这一种东西"融化到诗中去。

关于诗体随笔,普里什文发表过自己的见解,他说:"所谓随笔,我们以为是作家以他独特的态度处理他的材料,也就是支配这些材料,借以抒发情怀而创作的作品。"他在 1948 年 2 月 20 日的日记中又以形象的语言说:"我反映出了在不熟悉的大自然中的自己的心灵和自己,或者相反,反映出了在自己心灵的镜子中的不熟悉的大自然,并且描写了大自然在自己心中和自己在大自然中的这种反映。这是很不容易的,一个人是难得找到自己心灵同大自然的一致,并将它转达到艺术中去的。"而普里什文笔下情景交融,以景寄情的段落,则随处可见,如《人参》中有一段:"看面前这块岩石上,无数的缝隙像泪壶一样渗着水,不断形成大颗大颗的水滴,仿佛这岩石永远在哭泣。我分明知道,这不是人,而是石头,石头是没有感情的,然而我是这样一个人,我有一腔热血,只要亲眼见到石头像人一样哭泣,我也不能不同情。我又躺在岩石上,我自己的心在跳动,却觉得是岩石在心跳。别说吧,别说吧,我自己知道,这不过是岩石而已!然而……"

普里什文这些艺术小品,他说是"为了那些感觉到了日常生活中飞驰而过的瞬间的诗意,却又苦于无法把它们捕捉住的人而写的"。是的,普里什文那精美的艺术小品,确是他那双善于静中见动、善于看到常人看不到的情趣的慧眼所捕捉到的美妙的瞬间,充溢着诗情画意和哲理,有时候,还带有幽默的气息。

高尔基对于普里什文的独特的风格有很高的评价,他在《论普里什文》一文中说:"细读您的著作,我发现了您所独具的优点,这些优点我在其他俄国作家的作品中还没有看见过……在您的作品中,我没有看到向大自然膜拜的人物。在我看来,您所写的不只是大自然,而是比自然更大的东西——

是大地,是我们伟大的母亲。在您的作品中,我觉得您对大地的热爱和对大地的知识结合得十分和谐,这一点,我在任何一个俄国作家的作品中都还没有遇见过。"

但是也不难想象,普里什文这位另辟蹊径、风格独异、善于沉思、善于细腻描写大自然的作家在苏联二十年代末三十年代初遭到极左的拉普派①的批判。他们攻击他以风景粉饰生活,脱离公民的职责,脱离必要的斗争,对社会关系问题漠不关心,总之是"不善于或者不愿意为阶级斗争的任务,为革命的任务服务"。这顶大帽子当然是不对的。尽管在二十世纪初,普里什文稍稍受过唯美主义的影响,这一点可从他的《在看不见的城市的墙边》(1909)这本集子中感觉到,但是他早已克服了。所以,对于那些极左的攻击,普里什文只好以直截了当的语言回答说:"我的创作,内容是共产主义的,形式是个人的。"因为普里什文实际上远不是只写大自然,尤其不是写脱离人的大自然。他以新的角度描写自然界,以此影响人对大自然的关系,以至人与人之间的社会关系。普里什文的作品善于从人们心灵深处培养热爱祖国、热爱大地、热爱生活的感情,培养高尚的情操,唤起一种愿意创造的冲动,这是不容置疑的。

普里什文是一位勤奋、乐观、童心不灭的作家。早年他带上背包、猎枪和笔记本,奔波于祖国各地的山野森林,后来把生活用品装上汽车,利用这所谓"四轮房子"深入生活。他一直写到生命最后一年的八十一岁高龄。1953年底他已病重,但在日记里写道:

"'普里什文,你别忙走啊!'我对自己说。

"我又对这一天说:

"'等一等!'我命令道,'我还没有结束写作,你别动,现在是早晨,你还在我手中!'"

他于1954年1月15日夜间逝世。在15日的日记中写道:"昨天和今天

---

①"拉普"是"俄罗斯无产阶级作家协会"的缩略语,该协会存在于1925—1932年间。

天气都很好，这样的好天，会使人突然醒悟，觉得自己挺健康。"

这里所收的普里什文四篇作品，是我从 1957 年开始陆续译出来，发表在《世界文学》等杂志上的，《秋天》《林中水滴》和另外两篇作品的翻译，其间相隔了二十年有余。这次承百花文艺出版社的美意，要把这四篇东西结为一集出版，我就把前两篇校订了一遍，作了一些动植物译名的改动，文字也稍稍润饰了一下，后两篇文字个别地方也有所改动。

《人参》中的"花鹿"即是梅花鹿，普里什文写作时是不了解汉语称"梅花鹿"，还是他为了行文方便有意只称"花鹿"（原文中"花"字是汉语的译音），我们不得而知，文中照原样译。"梅花鹿"俄语称为"有斑点的鹿"，译成汉语仍为"梅花鹿"。

这四篇作品都是根据苏联国家文学出版社 1956—1957 年版《普里什文文集》六卷本，并参照其他版本译出的。

翻译普里什文这位有特殊风格的作家的散文诗，我尽管力不从心，自问还是花了力气的，但是有没有体现出他的风格，还很难说，希望和读者共同切磋。

译者

1983 年 9 月 16 日于北京